捨てられ花嫁の再婚
氷の辺境伯は最愛を誓う

まえばる蒔乃

JN104076

23722

角川ビーンズ文庫

目次

プロローグ
－7－

第一章
新しい人生と新天地
－21－

幕間
元夫の屋敷にて
－108－

第二章
失った人生、取り戻せる未来
－115－

第三章
過去の清算と決着
－210－

エピローグ
－278－

あとがき
－284－

クロエ・
マクルージュ
ストレリツィ侯爵家に
「白い結婚」で嫁ぐ。
五年の契約期間を
終え、自由の身に
セオドア・
ヘイエルダール
国境を守るヘイエルダール
辺境伯領の主。
クロエの幼い頃の
婚約者
捨てられ花嫁の再婚
氷の辺境伯は最愛を誓う
登場人物紹介

ディエゴ・ストレリツィ

クロエの元夫。

オーエンナ

ディエゴの愛人

アン

ディエゴと
オーエンナの娘

本文イラスト／あいるむ

プロローグ

思い出は六歳の頃《ころ》に遡《さかのぼ》る。

まだ両親も健在で、今は魔術師《まじゅつし》として家を出ている兄も一緒《いっしょ》に暮らしていた、平和な時代の記憶《きおく》だ。

「クロエ。お誕生日おめでとう。これは……僕からの贈《おく》り物」

午後の暖かな子ども部屋。レースカーテン越《ご》しの日差しに艶《つや》やかな銀髪《ぎんぱつ》を輝《かがや》かせ、大好きなセオドア様が私に絵本を差し出した。刺繍《ししゅう》で彩《いろど》られた布装丁《そうてい》の、美しい絵本だ。

――セオドア・ヘイエルダール辺境伯《へんきょうはく》令息。

当時は七つ年上の一三歳。光の加減で時折虹《にじ》色が輝く銀髪に、太陽みたいな金色の瞳《ひとみ》が印象的な人だ。この日も礼装の上から、鮮《あざ》やかな刺繍の入ったマントを肩《かた》にかけていた。

彼の暮らす辺境伯領の伝統装束《しょうぞく》だ。

私の暮らす領地、マクルージュ侯爵《こうしゃく》領は王都のほど近くに位置し、彼は親の縁《えん》でたびたびマクルージュ侯爵領を訪《おとず》れては侯爵息女の私と遊んでくれていた。

「『蜂蜜姫《はちみつひめ》と魔石の湖』……僕の暮らすヘイエルダール辺境伯領に伝わる伝説の本だよ」

長い睫毛《まつげ》の奥、透《す》き通った金色の目を細めて、彼は絵本の表紙を撫《な》でる。やんちゃな実兄《あに》ノエルとは違《ちが》って穏《おだ》やかな、優《やさ》しい仕草だった。この頃、私はセオドア様のことも、セオドアお兄さまと呼んでいた。

当時の私にとってセオドア様も兄も同じ、大切な『お兄さま』だった。

「蜂蜜姫の伝説はヘイエルダールではみんな知っているお話なんだ。……クロエのように賢《かしこ》くて優しくてたっぷり愛された、幸せなお姫様のお話だよ」

絵本の表紙には、満月に照らされた湖の水面で微笑《ほほえ》むお姫様の姿が描《えが》かれていた。私と同じ金髪《きんぱつ》だ。こんな綺麗《きれい》なお姫様と似ていると言われると、素直《すなお》に嬉《うれ》しくなる。

本を開き、セオドア様はゆっくりと聞き取りやすい調子で説明してくれる。

「彼女が蜂蜜姫。月に住んでいた彼女は、毎晩見下ろすヘイエルダールの湖の美しさに惹《ひ》かれて、地上に降りてきたんだ。そしてヘイエルダールを、満月色の美味《おい》しい蜂蜜が採れる土地にしてくれたんだ。賢くて優しくて、みんなを笑顔《えがお》にするお姫様さ。クロエみたいでしょう?」

「そ……そうかなあ」

「クロエがいるから、マクルージュの家はいつも明るく賑《にぎ》やかなんだ。父もいつも言っているよ、クロエ嬢《じょう》と会うと楽しいって」

「……ほんとう?」

「うん、僕もクロエに会うのが楽しみだよ」

「ふふ……嬉しいな」

私はセオドア様の前でもじもじとスカートの端《はし》を握《にぎ》る。セオドア様に褒《ほ》められるのは、両親や兄に褒められるのとは違う嬉しさがあった。彼は私の頭を気安く撫でたりしないし、私がハグを求めても「クロエはレディだから」とやんわり窘《たしな》め、その代わり目の高さを合わせて手の甲《こう》にキスで挨拶《あいさつ》をしてくれる。セオドア様は私を子どもではなく『侯爵令嬢』として扱《あつか》ってくれた。だから私も子どもっぽく思われたくなくて、セオドア様の前ではいつも少しおすましししていた。

「じゃあ、読んであげるね」

セオドア様は絵本を読み始めた。声変わりはじめの掠《かす》れた優しい声に私は聞き入った。会うたびに背が高くなり、大人になっていくセオドア様の変化もまた、私は好きだった。

六歳の私は、セオドア様の肩にもたれながらまどろみに落ちていく。声を聞いていないともったいないと思うけれど、心地《ここち》よくて……。

「クロエ！　クッキー持ってきたぞ！」

兄の騒《さわ》がしい声がやってきた頃にはもう、眠《ねむ》りに落ちる寸前だった。咎《とが》めるような小声で、セオドア様がしぃ、と唇《くちびる》に指を立てた気配がする。

「眠ったよ。たくさん遊んで疲《つか》れたみたいだ」

兄が顔を覗《のぞ》き込んでくる気配がする。私より六つ上の兄ノエルは、マクルージュ侯爵家の嫡男《ちゃくなん》だ。兄がつんつんと私の頬《ほお》をつつく。指先から甘いバターの匂《にお》いがする。つまみ食いをしてきたのだろうか。

「起きるだろう、かわいそうだ」

「なんだよ……おれよりクロエの兄さんぶるなよ」

「僕はたまにしかクロエと会えないんだ。少しくらい、兄の気分にさせてくれないか？」

「ったく、にやにやしちゃって。……まあいいけどさ。こっちにいるときくらいお前にも、楽しく過ごしてほしいし。今……隣国《りんごく》が色々面倒《めんどう》なんだろ？」

「ああ。……でも大丈夫《だいじょうぶ》さ。父の目の黒いうちは隣国の好きにはさせないだろう。家臣団も頼《たの》もしい」

私は狸寝入《たぬきねい》りをしながら、兄とセオドア様の会話に胸がぎゅっと切なくなった。当時の私は、二人が話している内容はよくわかっていなかった。けれど少なくとも、セオドア様が普段《ふだん》はこうしてのんびり過ごせない立場なのは伝わってきた。

「……頑張《がんば》るよ。父さんたちはクロエを僕の婚約者《こんやくしゃ》にしたいみたいだから」

婚約者。突然《とつぜん》大人びた単語を耳にして、私はどきっとした。まだ憧《あこが》れでしかないふわふわとした夢が、急に現実の色を帯びた気がして。

「だよな、まあ……順当にいけばクロエはお前と結婚するんだろうな」

兄まで真面目《まじめ》な声音《こわね》で言うので、私はますます頭が冴《さ》えてきた。再び頬をつつきながら、兄は少し寂《さび》しそうに言う。

「……まだこいつが嫁《よめ》に行くなんて、ちっとも想像つかないけどな」

「僕もだよ。クロエは可愛《かわい》いけれどまだ妹みたいだ」

「だよな」

「……でも」

セオドア様が私を見下ろしている気配がする。彼は優しい声で言った。

「いつか結婚するのなら、相手はクロエがいいな」

「まあおれも、お前くらいしか許したくねえな義弟《おとうと》になるのは」

「僕の方が年上だろう？」

「はは、こういう時ってどうなるんだろうな？　セオドアを義兄《にい》さんって呼ぶのか？」

「お前にそれを言われるのは嫌《いや》だな」

兄とセオドア様は忍《しの》び笑いをする。兄が、私の頭を撫でた。

「まあ……最後に決めるのはクロエだ。父さんも母さんもクロエの意志を尊重するだろうし」

「ふふ、クロエに選んでもらえるようにならなくちゃね」

「おれが反対するかもしれないぜ？」

「あれ？　僕以外は嫌なんじゃなかったっけ？」

「ばっ……こ、言葉のあやだよ」

ふわっと私の上に暖かなものがかけられる。セオドア様のマントだ。

セオドア様はマント越しに、私の背中を優しく撫でてくれた。

「……クロエが幸せになるのが、僕は一番だ」

「そりゃそうだな。クロエが幸せになるのが、おれも一番だ」

兄とセオドア様が微笑む気配がする。二人に見守られて眠るのは心地よい時間だった。


――いつまでも、私たちはこうして過ごせると思っていた。

兄は領主となってマクルージュ侯爵家の平和を守り、私はセオドアお兄さまのお嫁さんになる。両家の両親も仲良しで、みんなで笑い合って、楽しく領地を守っていく――未来を思うと、胸が温かくて、どこまでも幸せな気持ちに浸《ひた》っていられた。

柔《やわ》らかな愛情に包まれて暮らす私は、心から幸せだった。


優しい子ども時代は突然幕を下ろす。

私が九歳になった頃。緊張関係《きんちょう》が続いていたヘイエルダール辺境伯領と国境が隣接する隣国の間で、大規模な戦闘《せんとう》が勃発《ぼっぱつ》した。隣国による一方的な攻撃《こうげき》で被害《ひがい》を受けた辺境伯領は、その日を境に国境防衛の為《ため》に抗戦《こうせん》せざるを得なくなった。

戦闘は辺境伯領内だけに抑《おさ》え込まれていたけれど、王国中で戦争への機運が高まった。軍事に傾《かたむ》いた政治方針が宮廷《きゅうてい》議会で可決され、王都の貴族学校に通っていた兄も魔術師《まじゅつし》兵としての訓練を強制的に受けることになった。前線には出ないものの有事の戦闘要員としての予備役《よびえき》扱いで、なかなか領地に帰って来られなくなった。

国境から離《はな》れた私の暮らすマクルージュ領地もれなく戦時体制の影響《えいきょう》を受け、持病を持つ母の薬がなかなか手に入らなくなった。

「ああ、今日も薬が届かないのか。このままでは……」

「あなた。私は大丈夫。どうか無理をしないで」

「何を言う。お前が元気でなければ、わしは……」

私に隠《かく》れて二人が深刻な顔で話し合う日も増えた。子どもながら、世間の不安な情勢を強く感じていた。兄にも、セオドア様にも、会いたくて仕方なかった。

たまらず父に尋《たず》ねた。

「お父様。セオドアお兄――セオドア様にはもうお会いできないのですか？」

「……クロエ……」

父は目を見開き、そして顔をこわばらせた。傷ついた顔をしているように見えた。

「……彼のことはもう、忘れなさい」

父は二度と、彼の話を私の前でしなくなった。私も父が悲しい顔をするのを見たくなくて、これ以上セオドア様の話はできなくなった。

一時休戦まで二年を要した。母が病没《びょうぼつ》し弔《とむら》いが終わった頃《ころ》、私は新聞で、セオドア・ヘイエルダール辺境伯令息と隣国の第三王女の婚約が決まったと知った。当時私は一一歳。もう二度と彼に会うことはないのだと、理解できる年齢《ねんれい》になっていた。

時を移さず父も命を落とした。戦時体制下で忙殺《ぼうさつ》され、過労が祟《たた》ったところに流行病《はやりやまい》に罹患《りかん》したのが原因だった。マクルージュ侯爵《こうしゃく》家は兄と私、二人ぼっちになった。

一八歳で爵位を継《つ》いだ兄は私のため領地に戻《もど》ろうとした。しかし悪い巡《めぐ》り合わせは続く。同時期、宮廷議会は国家魔術師新法を制定した。休戦期間に国の軍事力を高めるため、魔術師の才能を持つ者全《すべ》てに強制的に五年間の魔術師役を課すことにしたのだ。

兄はマクルージュ侯爵位を形ばかり相続したが、宮廷の命令により魔術師役の間は領地に戻れなくなった。

残されたのは、未婚の一二歳の私一人。

私を預かろうとする親戚《しんせき》はいくつか名乗り出てくれたけれど、どれも不思議と横槍《よこやり》が入って頓挫《とんざ》した。どうも宮廷議会が私を『将来魔術師を輩出《はいしゅつ》する可能性のある子女』として手駒《てごま》にするため、他《ほか》の魔術師の家柄《いえがら》に嫁がせようとしていたらしい。

私の嫁ぎ先の最有力候補が老年の王族であり、さらにその次の結婚相手まで決められていると突《つ》き止めた兄は、魔力を暴発させるほど怒《おこ》った。

「ふざけるな！　クロエをなんだと思ってるんだ!?　戦争のためにあっちで子を産め、こっちで子を産め……だと!?　たらい回しにする道具じゃねえんだ！」

兄はこの時すでに新人魔術師として頭角を現し始めていた。怒《いか》りで魔力を放出させ、魔力を貯めるために長く伸《の》ばした髪《かみ》が風を帯びて広がっている。

机を叩《たた》き拳《こぶし》を握《にぎ》りしめると、爪《つめ》が食い込んだ手のひらから血が溢《あふ》れた。

「お兄さま、怪我《けが》をしているわ、落ち着いて……」

「……落ち着けるか。召《め》し上げられたらどうなるか。ただ魔術師を産むだけに利用される。それに俺を手駒にするための人質《ひとじち》にもさせられる……くそ……最後に残った妹まで、めちゃくちゃにされてたまるかよ……」

兄は私を守ろうとあちこちを駆《か》けずり回って奮闘《ふんとう》した。しかし兄もまた、後ろ盾《だて》のない一八歳の若者でしかなかった。

「ノエル坊《ぼっ》ちゃま、お話がございます」

「……サイモン」

ボロボロになった兄と、父の腹心だった家令のサイモン。二人は父の執務《しつむ》室で二人きり、長い時間をかけて話し合い――最後に、私を一次的に親類の家に契約《けいやく》結婚で嫁がせる苦渋《くじゅう》の決断《けつだん》をした。

「クロエ。俺を恨《うら》んでもいい」

「……お兄さま？　一体どうしたの……」

「ストレリツィ侯爵家に嫁いでくれ。『白い結婚《けっこん》』で……お前を守るしかない」

白い結婚――書類の上だけで婚姻関係を結ぶだけの契約結婚のことだ。

兄はそれから、昏《くら》い目をして私に言い聞かせた。

兄が自由の身になるまでの、五年。私を白い結婚の契約妻として保護すれば、兄の相続したマクルージュ侯爵家全ての財産を、相手に譲渡《じょうと》するという取引だった。

「私のために、財産を捨ててしまうの……？」

「俺はこれから宮廷魔術師として成り上がると決めた。爵位と金さえあれば最低でも王都に屋敷《やしき》を建てられるし、離縁《りえん》後のクロエを迎《むか》えることだってできる。領地の財産はいずれ取り戻せばいい」

それから兄は、兄の出世の計画について語ってくれた。

魔術師役は五年の強制だが、そこで志願し合格すれば正式な宮廷魔術師として働くことができる。その働き次第《しだい》では出世が期待できる上、宮廷で顔を広くするには最も効率の良い方法だった。

「宮廷で成り上がるには領地経営や社交界はむしろ足枷《あしかせ》だ。しばらく領地を預けるような もんだと割り切るよ。嫌だけどな」

「そんな……」

「クロエ。領地は取り戻せるが、お前の人生は取り戻せない。……不服だが……白い結婚ならまだ、未来がある」

兄の瞳《ひとみ》には、隠しきれない静かな怒りがこもっていた。兄は私を見ながら自分自身に誓《ちか》うように口にする。

「五年だ……約束する。五年後までにはどんな手を使ってでも、俺は宮廷魔術師として成り上がる。五年後までに金も地位も手に入れて、クロエが自由に選びたい道を選べるようにする。それが俺の、マクルージュ侯爵家を相続した者としての誓いだ」

結婚相手のストレリツィ侯爵家は、マクルージュ領と隣接《りんせつ》した、長年諍《いさか》いの絶えない家だ。母が存命の時、王都からの薬が届かなくなったのはストレリツィ家のせいではないかと怪《あや》しまれており、私たち兄妹《きょうだい》にとっては複雑な感情のある侯爵家だった。

「クロエ。俺が傍《そば》にいてやれなくて、ごめんな……」

声を震《ふる》わせた兄の涙《なみだ》を見たくなくて、私は咄嗟《とっさ》に兄にぎゅっと抱《だ》きついた。兄は私を強く掻《か》き抱《いだ》いて、声を殺して泣いているようだった。

兄の肩越《かたご》しに、後ろに立っていたサイモンが強い眼差《まなざ》しで私を見つめ、頷《うなず》く。

その二人の様子に、私はこれから地獄《じごく》に行くのだと否応《いやおう》なく悟《さと》った。

「……大好きよ、お兄さま。お兄さまもどうか無事でいてね」

兄の胸の温《ぬく》もりに顔を押し付けながら、思い出すのは温かな子どもの頃の記憶《きおく》だった。

あの幸せな日々は二度と戻らない――そう、思い知らされた瞬間《しゅんかん》だった。


私の一三歳の誕生日。嫁ぐ日は雨だった。

サイモンと兄と三人で馬車に乗り、沈黙《ちんもく》のままストレリツィの屋敷に向かう。

ふと窓の外を見た時だ。

麦畑の向こう、雨で霞《かす》んだ丘《おか》の上に人が立っているのが見えた。顔も見えないし、馬車はあっという間に通り過ぎてしまう。

ただの領民かもしれない。

けれど雨の中ただ一人立つその人は、まるで私の結婚を見送っているように見えた。同情しているように感じた。あまりにも悲しそうに見えたのは、私の気持ちを投影《とうえい》しているからだろうか。

空は暗い灰色をしていた。空の色にまた、懐《なつ》かしい銀髪《ぎんぱつ》の色が重なった。

――セオドア様。どうか今、お幸せでありますように……。

ストレリツィの屋敷にたどり着いた私に、出迎《でむか》えた男は顎《あご》で入るように示した。栗色《くりいろ》の髪を撫《な》でつけ、不機嫌《ふきげん》そうにした鷲鼻《わしばな》の男。

私の夫となる人――ディエゴ・ストレリツィだった。

「何を突っ立っている、いくぞ」

冷たい声が私にかけられる。隣《となり》で兄が歯噛《はが》みするのがわかる。

私は心に蓋《ふた》をした。そして地獄への一歩を踏《ふ》み出す。

「はい、ディエゴ様」

もう二度と戻らない蜂蜜《はちみつ》のように甘い思い出を――心の内に仕舞《しま》い込んで。

第一章　新しい人生と新天地

五月の暖かな陽気が心地《ここち》よい、風の乾《かわ》いた朝のことだった。

「離婚《りこん》の手続きが済んだなら、さっさと屋敷を出て行ってくれ」

朝食のバゲットを片手に新聞を読みながら、夫ディエゴは唐突《とうとつ》に私に告げた。

私はちょうどコーヒーを淹《い》れていた。嫁いでからの長い習慣だった。唐突な言葉に返事を忘れた私に、夫は声を荒《あら》らげる。

「クロエ？　聞いているのか」

「……申し訳ありません。承知いたしました」

私は頭を下げていつもの言葉を口にした。

申し訳ありませんと、承知いたしました。それと、かしこまりました。嫁《とつ》いで五年、屋敷の中で私が発した言葉は、この三つがほとんどだ。

夫はふんと鼻を鳴らし、新聞をめくる。今年三九歳になる鳶色《とびいろ》の瞳は、離婚の話をするときでさえ、私を一瞥《いちべつ》することさえしない。

「ノエル・マクルージュが午後には迎えに来るそうだ。身支度《みじたく》をして早々に出て行ってくれ」

「かしこまりました」

兄が無事に帰還《きかん》すること以外の情報は与《あた》えられなかった。訊《たず》ねれば叱《しか》られる。ただ黙《だま》って頷けばいいというのが、彼の妻に対する扱《あつか》いだった。

夫は立ち上がり、執事《しつじ》に身支度をさせる。

私は、夫に頭を下げた。

「長い間、たいへんお世話になりました。後ろ盾のない私を妻として娶《めと》っていただいたこと、感謝しております」

私の頭上を、ため息が通り過ぎていく。

「書類は全部片付けておけよ。お前の最後の仕事だ」

「承知いたしました」

「俺はもう出る。見送りはいらん、じゃあな」

夫はジャケットの衣擦《きぬず》れの音を立てて去っていく。残された食堂には、ドリッパーに入ったままのコーヒーの香《かお》りだけが漂《ただよ》っている。まだカップにすら注がれていない。

「……いいわよね、もう」

私はワゴンの中からめったに使われない自分用のカップを手に取り、コーヒーを注ぐ。

そして椅子《いす》に座り、たっぷり時間をかけてコーヒーを口にした。

コーヒーを飲むなんて人生で初めてだ。姑《しゅうとめ》が生きていたなら折檻《せっかん》されていただろう。夫が見たら怒鳴《どな》りつけてきて、皿を割って怒《いか》りを示してくるだろう。でももう、誰《だれ》も私を咎《とが》める人はいないし、咎められて気にする必要もない。

「……おいしい」

五年で淹れ方を鍛《きた》えられたコーヒー。飲み終えるとまるで、悪い夢から覚めた気分だった。あっけない終わりだった。

足音を立てずに老紳士《しんし》がやってくる。彼は今日も品よく礼装に身を包み、寸分の乱れもない礼をした。白髪《しらが》をオールバックでまとめ、銀縁《ぎんぶち》のモノクルをかけた老紳士だ。

「お疲《つか》れ様でした、クロエお嬢様《じょうさま》」

「……だめよサイモン。まだ私はストレリツィ侯爵《こうしゃく》夫人よ？」

「もうよろしいでしょう。彼も家を出たのですから」

「……ふふ……そうね。お嬢様扱いも懐かしいわ」

サイモンは嫁ぎ先についてきてくれた唯一《ゆいいつ》の使用人だ。元マクルージュ侯爵家の家令であり、今は一介《いっかい》の執事から私付きの使用人の立場に落ちてもなお、私の傍にずっといてくれた人。女主人付きの執事は執事ではないので、肩書《かたがき》はどうしても「使用人」となる。もはや、私にとって父親代わりのような人だった。

ふと、磨《みが》き上げられた銀の食器に映る私の顔が目に留まる。

笑顔《えがお》が引き攣《つ》っていて、笑顔に見えない。ひどく疲れ切っていた。

化粧気《けしよう》のない青白い痩《や》せた女の顔。髪《かみ》はひっつめて艶《つや》もなく、古着を繕《つくろ》った緑のドレスもくすんでいる。誰もこの顔を見て、一八歳だとは思わないだろう。

辛苦《しんく》の日々はあっという間だったけれど、確かな年月が体に刻まれていた。


「離婚の支度は全《すべ》て終わったわね」

ほぼ私の仕事部屋となった執務《しつむ》室で、私はあたりを見回す。既《すで》に離縁《りえん》の準備は進めていたので、封書《ふうしょ》の確認《かくにん》、領地にかかわる書類の整理など、やるべき仕事は全て終わっていた。

今朝届いた旧マクルージュ侯爵領に位置する魔石《ませき》鉱山からの報告書にも異常は見られない。

サイモンがノックしてやってきた。

「クロエお嬢様。離婚手続きに当たる法務書類は整えました。財産分与《ぶんよ》につきましても、すでにストレリツィ卿《きょう》がサイン済みです」

「ありがとう」

私は封蠟《ふうろう》を施《ほどこ》した手紙の束と、サイモンが整えてくれた法務書類を揃《そろ》えて鞄《かばん》にしまった。

身支度も既に終わっている。

「……色々あったわね」

サイモンが隣で微笑《ほほえ》む。

「何一つわからないところから、ご立派に務め上げられました。領主代行としての能力も、今やそこらの若い領主にも引けを取らないでしょう」

「言い過ぎよ。何度も危ないことはあったじゃない。……そのたびに、幸運としか思えないことで助けられてきたけれど……」

不作の時にお願いした商人が交渉《こうしょう》の席に来てくれたことや、国防費として特別税が徴《ちょう》収《しゅう》された時も、寄付金が入ってマクルージュの財産を売らずに済んだ。

「……神様が見守っていてくださるのかしらと思うような五年だったわ。辛《つら》かったけれど、すんでのところで掬《すく》い上げ続けられてきたような」

サイモンが私を見て微笑《びしょう》している。私は気持ちを切り替《か》え立ち上がった。

「さて、最後は……気が重いけれど、行きましょうか」

最後にやることは一つだけだ。

私はサイモンを連れて馬車に乗り、屋敷《やしき》から少し離《はな》れた場所にある別邸《べってい》へと向かう。

夫の愛人、オーエンナが住む屋敷だ。

私が結婚した時には既に囲われていた彼女は平民の女性で、夫と一人娘《ひとりむすめ》をもうけている。

声が大きく荒っぽい女性で、ずっと私を疎《うと》ましがっている。

馬車を降りると深呼吸し、玄関《げんかん》へと向かう。玄関で対応したオーエンナの娘アンに案内され、私は居間へと足を踏み入れた。

居間では昼間から、酒びたりのオーエンナがソファに寝転《ねころ》がっていた。長い黒髪《くろかみ》と豊満な体を強調する、しどけないドレス姿の彼女。午前の光の中でも夜の匂《にお》いがする。私とは真逆の女性だ――ディエゴの好みが彼女だとすれば、私など小間使いでしかないのは当然だった。

私は背筋を伸《の》ばして辞儀《じぎ》をする。

「正式に離縁が決まりましたので、ご挨拶《あいさつ》に伺《うかが》いました」

オーエンナは黒髪をかきあげ「あらそう」と面倒《めんどう》そうに答える。

「じゃあようやくあたしが本妻になれるってわけね。ふふふふふ」

離縁後一年は正式な結婚はできない法律があるので、彼女の期待通りには運ばないだろう。思っていても私は口に出さないようにする。私が口を出すべき話ではない。

「まあいいわ。あんたもこれから元気にやんなさいよ！　何もないご令嬢様なんて、どうやって暮らすのかわかんないけどね。んじゃさよなら」

「お世話になりました。……オーエンナさんも、お元気でお過ごしください」

「思ってもないこと言わなくてもいいわよ。ああ、金持ちの女になれたのなら、あたしに仕送りをしてくれたっていいんだからね？」

冗談《じょうだん》は流して私が退出すると、玄関に立ったままのアンが、申し訳なさそうに頭を下げた。癖《くせ》の強い黒髪をおさげにした彼女は、顔だちは元夫によく似た垂れ目だった。

「あの……クロエ様、ごめんなさい。母が」

「いいのよ。私がいなくなれば、きっとお母様も機嫌《きげん》が良くなるわ。あなたもお元気で。何か困ったことがあれば、相談に乗るからね」

「クロエ様……お世話になりました」

私とアンが話すのを、サイモンが静かに見守っている。

「ちょっとアン！　ちょっと来て！　早く！」

「はーい！　申し訳ありませんクロエ様、母が呼んでいて……」

「私が引き留めてあなたが叱られるのは本意ではないわ。さ、早く行って」

「そ、それでは……！」

アンは何度も頭を下げ、去っていく。その姿にストレリッツィ侯爵家で顎《あご》で使われていた自分が重なって、このまま去るのが心苦しくなる。

「ごめんなさい、アン……いつか力になれることがあれば……」

アンへの罪悪感に後ろ髪《がみ》を引かれながら、私は馬車へと戻《もど》る。

馬車で屋敷に戻り、サイモンの手を借りて降りる。

「おや」

ふいに、サイモンが空を見上げて声を弾《はず》ませた。

「クロエお嬢様、ご覧ください」

雲一つない青空に、何かが浮《う》かんでいる。長い金髪《きんぱつ》と白い装束《しょうぞく》を靡《なび》かせ、空を悠々《ゆうゆう》と杖《つえ》で飛ぶ人影《ひとかげ》だ。

「ノエルお兄さまだわ！」

ごう、と風が吹《ふ》く。

私の声に気づき、兄――ノエルは満面の笑みで手を振《ふ》ると、ひらりと舞《ま》い降りてくる。白いローブに刺繍《ししゅう》されているのは、第五魔術師隊《フィフス・メイジオーダー》の副隊長を示す鷲《わし》の紋章《もんしょう》。

「クロエ！」

兄はこちらに駆《か》け寄るなり、私を強く抱《だ》きしめた。久しぶりの兄は、記憶《きおく》より背が高く、そして花の匂いがした。

「っ……お兄さま、お帰りなさい。早かったのね。お迎《むか》えに行ったのに」

「早く会いたかったんだよ。ああ、クロエ。大きくなったな。飯は食ってるか？　綺麗《きれい》になったな、おい」

大きな瞳《ひとみ》はヘイゼルグリーンで、影《かげ》ができるほど睫毛《まつげ》が長い。魔術師らしく長く伸ばした髪と着込んだ魔術師装束のデザインも相まって、一見、女性的な印象を与《あた》える。けれど私に屈託《くったく》なく笑いかけ、頬《ほお》を両手で包んで撫《な》でまわし、髪を雑にわしわしと撫でる仕草は、五年前に別れた兄のままだ。

「お兄さまこそ素敵《すてき》だわ。第五魔術師隊の綺羅星《ポラリス》の異名は本当だったのね」

「やめてくれよ。俺はあんまり気に入ってねえんだよ」

兄は肩《かた》をすくめ――すぐに「もう一八か」と呟《つぶや》いて顔を曇《くも》らせた。

「俺が魔術師役《えき》に出た時と、ちょうど同じ年だな。……悪かったな、長いあいだ苦労をかけて」

「苦労だなんて言わないで。私は役目を果たしただけよ。お兄さまだってたくさん大変だったじゃない。それに財産も……」

「で、あいつは？」

「あ……」

兄の笑顔に温かくなった心が、急に冷えていく。

「用事があると、外出なさったわ」

「はあ？　俺が来るってわかってんのにか？」

「……もうこのまま、出ていくように、って」

「はあ!?」

兄は露骨《ろこつ》に不機嫌《ふきげん》を顔に浮かべ、軽く舌打ちをする。

「ったく。白い結婚《けっこん》とはいえ、五年こきつかったクロエと領地を明け渡《わた》す俺に対してなんて態度だ。燃やしていくか、屋敷」

「ま、待ってよお兄さま。せっかく穏便《おんびん》に終わりそうなんだから事を荒立《あらだ》てないで」

真顔で杖の宝玉を光らせ始めた兄を止め、私は訴《うった》える。

「私は大丈夫《だいじょうぶ》だから。ね、もう思い出すのはやめましょう。私のためにお兄さまが罪を背負うのは嫌《いや》よ」

「……わかってるよ、そんなことは」

苦々しい顔をした兄は杖をくるくると回し、宝玉に灯《とも》った光を消す。

「これからはクロエが幸せにならねえとな」

「私の……幸せ……」

「ん？」

「マクルージュ侯爵《こうしやく》家の大切な財産を失わせてしまった、私が幸せになるなんて」

ずっと気に病《や》んでいたことを思い出し、私は視線を落とす。

――私がいなければ、兄はマクルージュ侯爵家の財産を相続できたのに。

――父の政敵だったストレリツィ侯爵に頭を下げなくてよかったのに。

「こら、くよくよさせるために財産ぶん投げたわけじゃないんだぞ、俺は」

俯《うつむ》いた私の眉間《みけん》の皺《しわ》を、兄はぐりぐりと親指で伸ばす。

「俺は全財産より妹が大事だ、今はそれだけでいいんだよ」

兄は、私の後ろに目を向けた。

「だろ？　サイモン」

サイモンが頷《うなず》いた。

「というわけだクロエ。とにかくお前は休養が必要だ。暗いことを考えちまうのも、お前がすっかり五年間の苦労でくたびれきってるせいだ」

「私は元気よ。もうこれ以上心配をかけるわけには」

「ばぁか。妹の空元気と作り笑いなんざバレバレなんだよ。……どうだ。これから行きたい場所は決まっているか？」

私は目を落とす。

「わからないの。ごめんなさい。私には、友人も、こういう時に身を寄せる先も、なくて……」

いずれ離婚《りこん》するとはわかっていても、私はその後の身の振り方が思いつかずにいた。白い結婚の期間中、私は屋敷《やしき》から自由に出ることを許されず、許可が下りても養護院や墓参りなどがほとんどだった。社交界なんて夢のまた夢、外に交友関係は全くない。

「じゃあ決まりだな。サイモン、準備は整ってるか？」

「はい、全《すべ》て滞《とどこお》りなく」

「ん、最高だ」

兄とサイモンは頷《うなず》きあい、そして私を見た。

「クロエ。ヘイエルダール辺境伯領に行け。セオドアが待っている」

「……えっ」

突然《とつぜん》の展開に、私は固まる。

――セオドア様。

ずっと、私が考えないようにし続けてきた、優《やさ》しい思い出を秘《ひ》めた名前だ。

だまりこんだ私の顔に、兄が心配そうにする。

「忘れたか？　……思い出すのが辛《つら》いか？」

「う、ううん……その、突然だから驚《おどろ》いちゃって」

忘れられるわけがない。

もう二度と会えないと思っていた、あの優しい人。

「けれど……セオドア様はもうご結婚なさってるんでしょう？　私が行ったらご迷惑《めいわく》よ」

隣国《りんごく》の第三王女と婚約していたはずだ。その後の話は知らないけれど、今頃《いまごろ》はすでに結婚していてもおかしくないはず。

すると兄は意外な答えを返した。

「……結婚なんかしてねえよ、あいつは」

「えっ」

「隣国の王女との婚約も、領地の復興の目処《めど》が立ったらすぐに解消した。政略婚約ってことだ。あいつはずっと独り身を貫《つらぬ》いてる」

「……それなら、気にしなくていいかもしれないけど……」

「クロエ。お前はよくやった。面倒《めんどう》な手続きのやり取りは俺に任せて、ゆっくりしてこい」

「でも……」

「サイモン、クロエを頼《たの》んだぞ」

そこでサイモンが、手荷物を持って立ち上がる。

「はい、では早速《さっそく》参りましょうクロエ様。次の汽車に間に合います」

「え、……も、もう？」

「よし。俺の後ろに乗れ、三人乗りだ」

兄は杖を長く伸《の》ばし、魔力《まりょく》を込めてニヤッと笑う。

サイモンは「あきらめましょう」とばかりに、私に片目を閉じて微笑《ほほえ》んだ。

兄とサイモンに促《うなが》され、私は杖に横座りに座る。兄が腰《こし》をしっかり支えてくれたから、家が小さく見える高度でも、不思議と全く怖《こわ》くなかった。

——苦労したストレリツィの屋敷も、オーエンナの別邸《べってい》も、領地も、全て眼下に小さくなっていく。私は見下ろしながら、はっきりと、自分の人生が変わっていくのを感じた。

（……まだ、幸せになれるのかな）

わからない。けれどようやく自由になった身は、とても身軽ですがすがしかった。

兄に駅まで送られ、私とサイモンはヘイエルダール辺境伯領へと向かう汽車に乗った。話には聞いたことがあるけれど、行ったことのないヘイエルダール辺境伯領。雪の多い地域だと聞いている。私は汽車を前に、兄にお礼を言った。

「旅費から旅用の日傘《ひがさ》までありがとう」

「いいかクロエ。美味《うま》い飯食って、ぬくぬくして過ごして、たっぷり楽しんでこいよ！」

汽車が出る。駅で手を振《ふ》る兄の姿が遠くなっていく。

落ち着いたところで、ボックス席の向かい側に座ったサイモンがふわりと微笑んだ。

「良い気分転換《てんかん》になると良いですね、お嬢様《じょうさま》」

「そうね……またしばらくお世話になるけど、よろしくね。サイモン」

サイモンが穏《おだ》やかに微笑んでくれる。

「お嬢様、ご覧ください。あの遠くに霞《かす》んでいる山を。あの麓《ふもと》がヘイエルダールです」

「山が霞んで青いわ……遠いのね」

車窓からの風に目を細め、サイモンがつぶやいた。こうして遠出をするのはストレリツィ家に嫁《とつ》いだ時以来、五年ぶりだ。

窓の外を見ながら、汽車の中で私は改めてこわごわと懐《なつ》かしい名前を口にした。

「セオドア……様……」

口に出してしまうと幼い頃《ころ》の思い出に押しつぶされそうで、五年のあいだずっと言えなかった名前。兄と一緒《いっしょ》に、私をたっぷり可愛《かわい》がってくれていた、年上の優しいお兄さま。

久しぶりに会う私にがっかりしないだろうか。

「色々お考えでいらっしゃるのですか」

サイモンが話しかけてくる。

「ええ、少し……少しだけね。こんな自由、初めてだから」

「大丈夫ですよ。ノエル様が行って良いと言うからには、大丈夫です」

「そうね」

今は何を考えても、良策は思い浮《う》かばないだろう。

私は思考を止め、風の気持ちよさに身を委《ゆだ》ねる事にした。


途中《とちゅう》で一度宿泊《しゅくはく》を挟《はさ》み、私たちはヘイエルダール領に到着《とうちゃく》した。

宿場町には既《すで》にヘイエルダールから従者と護衛が着いていたので、旅は順調だった。

終点のヘイエルダール駅で下車をして、真っ先に感じたのは涼《すず》しい風。

駅を出て目に入ったのは、王都にも勝《まさ》るとも劣《おと》らない華《はな》やかな市街地だ。建物は可愛らしい色に塗《ぬ》られ、屋根に設《しつら》えられた鉄製の飾《かざ》りは見たことのない太陽のような形をしている。人々はみな銀髪《ぎんぱつ》に夕日のような金に近い瞳《ひとみ》の色で、衣服も男女ともに鮮《あざ》やかな刺繍《ししゅう》で彩《いろど》られていた。

迎《むか》えの馬車に乗り換《か》えると、馬車は一路、高く聳《そび》える城へと向かう。

「まるで外国に来たみたいね」

「ヘイエルダール領は数百年前まで別の国でした。今でも他《ほか》の領地とは違《ちが》う風習や法が守られているのですよ」

馬車は幾重《いくえ》にも城を囲む城壁《じょうへき》の奥まで進んでいく。街は華やかだったけれど、流石《さすが》に城は衝突《しょうとつ》の最前線の城らしく、とても厳重だ。

再会が現実になるのを前に、私は次第《しだい》に不安になってきていた。

「セオドア様にどんな顔をして会えばいいのかしら。子どもの頃以来だし……嫌《いや》がられないかしら」

「ご安心ください、大丈夫《だいじょうぶ》ですよ」

そうして最後の城壁を抜《ぬ》け、前庭の中を通り抜けていたところで、私はふと気になるものを見つけた。道と庭を隔《へだ》てる生垣《いけがき》の傍《かたわ》らで、小さな女の子が泣いている。仕立ての良い上品なワンピースを着た、五歳くらいの女の子だ。近くでおろおろとメイドが座り込んでいる。

「馬車、少し止めてもらえるかしら」

考えるより早く馬車を降り、私は生垣へと向かった。泣いている女の子の前にしゃがんだ。女の子は驚いたのだろう、私を見て濡《ぬ》れた金色の目を瞬《またた》かせている。

「お姉さん、だれ……？」

隣《となり》にいるメイドがおろおろと私に頭を下げる。

「馬車を見たいと、飛び出したときに三つ編みが絡《から》まったようで……」

「それは大変ね」

見れば、生垣のカメリアの枝に、銀髪の長いおさげが絡んでぐちゃぐちゃになっている。

私の視線で三つ編みの惨状《さんじょう》を思い出したのだろう、泣き止《や》んでいた女の子は再び声をあげて泣き始めた。三つ編みを引っ張ろうとするので、私は急いで手を押さえた。

「待って。無理に外そうとしては髪《かみ》が傷《いた》むわ。私に任せて」

「でも、でも、せっかく三つ編みにしてもらったのに、リボンを取りたくないの」

「大丈夫よ。編み直してあげる。リボンも結びなおすわ。私、三つ編みは得意なの」

「本当に……？」

満月のような金色の瞳が私を見つめる。

「本当よ。任せて」

頷《うなず》き、私は絡んでいる場所を一つ一つ丁寧《ていねい》に解きはじめた。

「私の名前はクロエ。あなたのお名前は？」

「……マリアロゼ……」

「マリアロゼさん……綺麗《きれい》なお名前ね。きっとあなたが羨《うらや》ましくて、このカメリアもやきもちを焼いちゃったんだわ」

「……そうかな。えへへ……リボンね、王都からプレゼントで届いたんだよ」

肩《かた》の力が抜ければ、自然と絡んだ髪が弛《ゆる》む。ゆっくり一房《ひとふさ》一房、落ち着いて解いていけば、あっさりと髪は枝から解けた。私は手櫛《てぐし》で髪を整え、さっと三つ編みを編み直した。

「はい、出来上がり」

手鏡で仕上がりを見せてあげると、マリアロゼの顔がぱっと笑顔《えがお》になる。

「かわいい……！　ありがとう、クロエお姉さん！」

マリアロゼの様子に、メイドがほっと胸を撫《な》で下ろすのが見えた。振り返るとサイモンが微笑みながら頷いてくれた。勝手なことをしてしまったけれど、迷惑《めいわく》そうにされなくてよかった。

「お姉さんがその馬車で来たのね。マリアロゼてっきり王都の馬車だとおもっちゃって」

「それで慌《あわ》てていたのね」

その時。城の方から颯爽《さっそう》と、身なりの良い少年が現れた。

「マリアロゼ！　見つけたぞ、どこにいっていたんだ」

「あっお兄さま！」

長い銀髪を尻尾《しっぽ》のようにうなじの所で一つに結び、気の強そうな吊《つ》り目の顔立ちをしている。制服だろうか、ベルベットのリボンタイがよく似合う服を纏《まと》った美少年だ。幼い頃の兄の姿が重なる。

「……あなた方は？」

お兄さまと呼ばれた彼は私たちに気づいて怪訝《けげん》そうに眉《まゆ》を顰《ひそ》める。しかしすぐに状況《じょうきょう》を察して、背筋を伸《の》ばして辞儀《じぎ》をした。

「僕はルカと申します。ルカ・ストーミア・ヘイエルダール。……あなたがマクルージュ侯爵《こうしゃく》領からのお客様ですね。失礼します」

睨《にら》むような眼光を向け、ルカはマリアロゼと手をつないで風のように去って行く。どこか警戒《けいかい》されているようなそぶりだ。二人を見送っていると、サイモンが声をかけてきた。

「お嬢様、私たちも参りましょう」

「ええ。……そうね」

気を取り直して、私は高く聳え立つ石造の城を仰《あお》いだ。ここに、昔会ったあの人がいる。

城内には石造りのひんやりとした空気が漂《ただよ》っていた。

私たちはそのまま応接間に案内され、セオドア様が来るのを待った。一秒一秒を長く感じながら、私は目を伏《ふ》せてかつてのセオドア様を思い出そうとする。声変わりをしたての掠《かす》れた声が耳に心地《ここち》よい、優《やさ》しくてすらりとした上品な少年の姿を。

しばらく経《た》った頃。甲冑《かっちゅう》を鳴らすような、重たい足音が遠くから早足でやってきた。

——ついに。

深呼吸をして、立ち上がって扉《とびら》が開くのを待つ。

扉の向こうで足音が止まった。息を整えるような間合いがあって数秒。従者が滑《なめ》らかに扉を開いた。ハッとするほどの長身の男性が姿を現した。

「待たせたな。軍議が長引いていた……」

低く柔《やわ》らかな声音《こわね》で、重厚《じゅうこう》な軍装を纏った男性が詫《わ》びの言葉を告げる。彼は物々しい軍装の上から、足元まで長く垂れたマントを羽織っている。豪華絢爛《ごうかけんらん》な銀狼《ぎんろう》の刺繍《ししゅう》は領主の証《あかし》。長めに整えられた暗い銀髪に、前髪《まえがみ》の陰《かげ》から覗《のぞ》く発光しているかのように眩《まばゆ》い金瞳。

声も背の高さも纏った服装も違う。顔立ちも随分《ずいぶん》と変わっている。

それでも——私は急に、六歳の頃の感覚に戻《もど》っていた。

「……」

「…………」

彼も同じなのだろう。

私たちは雷《かみなり》に打たれたように、見つめあったまま動きを止めていた。

呼吸も忘れて、私たちはどれだけそのままでいただろう。

我《われ》に返ったように、咳払《せきばら》いしたのは彼の方だった。

「あ……出会い頭《がしら》に、じろじろと見て失礼した。挨拶《あいさつ》が遅《おく》れた。領主のセオドア・ヘイエルダールだ」

「こちらこそお久しゅうございます。クロエ……マクルージュです」

私もぎこちなく辞儀をする。挨拶の一つでも、鮮《あざ》やかにかつての思い出が蘇《よみがえ》ってくる。

私が初めてカーテシーの真似事《まねごと》をしたとき。拙《つたな》い淑女《しゅくじょ》の礼にセオドアお兄さまは丁寧に紳《しん》士《し》の礼を返してくれた。あの時を思い出して、私はつい微笑《ほほえ》んでしまう。セオドア様も同じ気持ちらしく、ふわ、と雪が溶《と》けるように微笑んでくれた。

「懐《なつ》かしいな」

「はい」

お互《たが》い腰《こし》を下ろしたところで、セオドア様は改めて私に視線を向けた。

昔と同じような優しい眼差《まなざ》しだった。

「……会いたかった、クロエ」

「私も……お会いしたかったです、ずっと」

子どもの時のように、気やすくなってしまいそうだ。私は気を引き締《し》めて、背筋を伸ばして口を開いた。

「お久しぶりです。ご好意に甘えて厚かましくも伺《うかが》ってしまいました」

「私が呼んだのだから、遠慮《えんりょ》はいらないよ。飲み物を用意させているから、少し待っていてほしい。君は確か、甘い蜂蜜《はちみつ》水が好きだったから……」

口にした後すぐにセオドア様は、あ、という顔をする。

「……あ、いや……君ももう淑女だから、もっと違《ちが》うものがいいだろうか」

幼い頃《ころ》の好物を言われ、なんだかくすぐったいような気持ちになる。

「蜂蜜水、久しぶりです。ぜひお願いします」

それから用意された蜂蜜水をいただくと、ほっと、気持ちがほぐれていくのを感じた。

「美味《お》しい……」

「ヘイエルダール産の蜂蜜を、クロエは小さい頃も喜んで飲んでくれていたね」

「はい。あの頃もこうして、セオドア様と一緒《いっしょ》に飲みましたね」

「……懐かしい。本当の兄妹《きょうだい》のように……よく遊んだものだった」

セオドア様は懐かしむように続ける。

「君にせがまれて、色んな本を読むのが楽しかった。君は絵が綺麗な絵本が特に好きだった。……そうそう、マクルージュの屋敷《やしき》でかくれんぼもしたね」

「よく覚えていらっしゃるのですね」

「最後に会ったのは君が九つの時か――」

セオドア様の眼差しが暗くなる。そして私を見つめて悔《く》やむような口調で続けた。

「あれから、君に苦労をさせてしまった」

「苦労だなんて」

セオドア様は沈痛《ちんつう》な表情になる。

「ずっと責任を感じていた。……元々私が婚約者《こんやくしゃ》だったのは、君も知っているだろう？」

「……はい」

「私がもっとあの時力を持っていれば、領地を安定させられていれば……君とノエルの力になれたのにと後悔《こうかい》し続けていた」

「そんな……」

「悔《くや》しかったんだ、ずっと。婚約者だった女の子一人守れなかったことが」

「もう過ぎた話です。今いただいているお心遣《こころづか》いだけで、十分すぎるほど救われています」

私の言葉にセオドア様は微笑《びしょう》で返し、そして真面目《まじめ》な顔になった。

「ノエルも話していたと思うが……しばらくヘイエルダールで疲《つか》れを癒《いや》すといい。それから改めて君の人生を取り戻してほしいと思っているんだが、どうだろうか」

「自分の、人生……」

「いきなり自由になっても、これからどうしたいなんて考えるのは難しいだろう？」

私はカップに目を落とし、素直《すなお》に頷いた。

「おっしゃる通りです。今回のこの訪問も実は、兄に勧《すす》められるままに甘えてしまい……」

昔は色々と未来を楽しく思い描《えが》いたり、やりたいことが溢《あふ》れたりしていた頃もあった。けれど五年の間にすっかり、私は未来をうまく思い描けなくなっていた。でも私はまだ一八歳で、人生はまだずっと先まで続く。

「ありがとうございます。もしよろしければしばらくお世話になりたいです。……迷惑《めいわく》になりすぎないよう、早めに静養を済ませて身の振《ふ》り方を考えますので」

「……迷惑なんて考えなくていい。それに私も……」

セオドア様が言葉を切る。顔を見ると、彼は首を横に振って言葉を続けた。

「……私もできれば、君とゆっくり話がしたいんだ。会っていなかった間の話をしたいんだ。せっかくの……幼馴染《おさななじみ》なのだから」

「ありがとうございます」

「君が気に入ってくれるならばいつまでだっていても構わない。とにかく思うままに過ごしてほしい。もう君は自由なのだから」

「そんないつまでだって、……なんて」

「疲れているところ、長話をしてしまったな。早速《さっそく》だが部屋に案内させよう」

その時。ドアの向こうから、コンコンと小さなノックが響《ひび》く。

ひょこっと覗き込んできたのは、おさげ髪《がみ》が可愛《かわい》いマリアロゼだ。

「領主父さま、お話終わった？」

マリアロゼだ。彼女を追いかけるように、向こうから慌《あわ》ただしい足音が近づいてきた。

「こら、マリアロゼ！　失礼だぞ！」

息を切らしてやってきて、彼女を小脇《こわき》に抱《かか》えたのは先程《さきほど》の少年――ルカだ。

こちらを見て、彼はマリアロゼを抱えたまま、背筋を伸《の》ばして礼をする。

綺麗《きれい》に結《ゆ》われた尻尾《しっぽ》髪も、走ったせいか乱れている。

「ご歓談《かんだん》のお邪魔《じゃま》をして失礼いたしました。僕たちはこれで……」

「待て。せっかくだから二人ともこちらに来なさい」

えっ、という顔をするルカと、嬉《うれ》しそうにセオドア様の隣《となり》に座るマリアロゼ。着替《きが》えたらしく、可愛らしい花柄《はながら》のスカートにふわふわのフリルがついたブラウスを着た彼女は、セオドア様に撫《な》でられて嬉しそうに肩《かた》を寄せる。まるで昔の私みたいだ。

ルカは静かにセオドア様の傍《そば》に立つ。どこか臣下のように、意識して一歩引いているような様子だった。

セオドア様は二人を見やり、そして話した。

「ルカとマリアロゼは、私の養子だ。マリアロゼは宮廷《きゅうてい》魔術師夫妻の娘《むすめ》で、ルカは国境侵《しん》略《りゃく》で忠義を尽《つ》くしてくれた臣下の子息だ」

騎士《きし》の家柄《いえがら》の子女を養子として迎《むか》え、家格を与《あた》えることは、ヘイエルダールでは珍《めずら》しいことではないと言い添《そ》えたのち、セオドア様は二人に私を紹介《しょうかい》した。

「彼女はクロエ・マクルージュ侯爵令嬢《こうしゃくれいじょう》。以前から話していた、かのマクルージュ侯爵の御《ご》息女だ。彼女の兄とは旧友であり、彼女は……いわば幼馴染だ」

「さっきはありがとうございました！　マリアロゼ・エーリク・ヘイエルダールです！」

「……改めまして。ルカ・ストーミア・ヘイエルダールです」

二人の挨拶に、私も辞儀《じぎ》と挨拶を返す。

早速マリアロゼが、隣に座るセオドア様の袖《そで》を引いて訴《うった》える。

「ねえ領主父さま、クロエさまも一緒にお城に住むの？」

「ああ。しばらくの間、な」

「わーい！」

セオドア様がそう言って改めて、私の状況《じょうきょう》を簡単に二人に伝える。これまで政略結婚をしていたが白い結婚のまま離縁《りえん》し、自由になったばかりだということ。しばらくはここで静養するということ。

「こちらの生活は初めてだから、彼女が困ることがあれば、親切にしてあげてほしい」

「もちろんだよ！　たくさん遊ぼうね、クロエさま！」

にこにこのマリアロゼに、私も釣《つ》られて頬《ほお》が緩《ゆる》む。

「よろしくお願いします、マリアロゼさん」

「マリアロゼって呼んでほしいな！　ね、いいでしょ領主父さま」

「ああ」

セオドア様が眉《まゆ》を下げて頷《うなず》く。

「では、マリアロゼと呼ぶわね。よろしくね」

「えへへ、嬉しいな」

そして憮然《ぶぜん》とした顔のルカに向かって、改めて挨拶《あいさつ》をした。

「不慣れだから何かとご迷惑をおかけするかもしれないけれど、よろしくお願いします、ルカ様」

「……よろしくお願いします、クロエ様」

ルカは不承不承、といった様子だ。突然《とつぜん》外の人間が押しかけてきたのだから当然だろう。

その時、マリアロゼが「あっ！」と声をあげる。

「マリアロゼ、クロエさまに見せたいものがあるの！　持ってくるね！」

「あっおい」

「待っててね～」

ルカが引き留める間もなく、マリアロゼは元気に応接間から駆《か》け出していった。続いて、彼女を追いかけるメイドの足音がぱたぱたと響く。

嵐《あらし》のような一幕だった。頭を抱えるルカの隣で、セオドア様が苦笑いする。

「すまない、あの子はどうにもおてんばでね。ナニーメイドは雇《やと》っているのだが、みんな手を焼いているんだ」

手を焼いている、と言いながらも、言葉には彼女に対する愛情を感じた。

「あの、セオドア様」

「ん？」

「もしよろしければ私にマリアロゼのお世話のお手伝いをさせてください。もちろん他のナニーメイドのお邪魔にならないようにいたしますので」

セオドア様がきょとんとした顔をする。

「もちろんありがたいが……クロエの負担にはならないか？」

「私、小さな子と接するのが好きなんです。嫁《とつ》ぎ先の領地では、よく養護院でお世話をしておりました。なので慣れてます、元気な女の子と遊ぶのは」

ただで置かせていただくのは申し訳ない。私にできるお手伝いがあるなら、少しでも役に立ちたい。私の申し出にセオドア様は困惑《こんわく》を見せた。

「しかし……使用人のようなことを君にさせるのは」

顎《あご》に手を添え思案を見せるセオドア様に、サイモンが一礼して言葉を紡《つむ》ぐ。

「クロエお嬢様は養護院の子どもたちの世話だけでなく、領民の子どもたちの読み書きの先生もしておりました。どうでしょうここは一つ、家庭教師としてのお務めなら」

「ちょっとサイモン。学校にも通ってないのに、家庭教師なんておこがましいわ……」

「家庭教師か。……そうか……」

セオドア様は納得《なっとく》する風に頷いた。

「実のところ、クロエがよいのならば有り難《がた》い話だ。マリアロゼが外のことを学ぶ貴重な機会。……お願いしてもよいだろうか？」

「はい、私でよろしければ。働かせていただけるなら喜んで――」

そこで口を挟《はさ》んだのはルカだ。

「お言葉ですが、僕は反対です」

「ルカ」

「領主父様のご采配《さいはい》により、マリアロゼの養育環境《かんきょう》は十分に整えられていると思います。クロエ様のお手をお借りする必要はないかと」

「……ありがとうルカ。お前の意見を言ってくれて」

セオドア様はルカの言葉を受け止めた上で、「だが」と言葉を続ける。

「ヘイエルダール以外のご令嬢から、文化や礼儀《れいぎ》作法を知るのは貴重な機会だ。マリアロゼにとっても、お前にとってもね。二人とも少しずつ外の文化を知る必要がある」

「……それは……そうですが……」

「クロエはマクルージュ侯爵令嬢として、そして元侯爵夫人として多くのことを経験している。家柄も人柄《ひとがら》も自信を持って、ストーミア、エーリク両家に紹介できるご令嬢だ」

そんなことは無い、とつい口を挟みそうになるのを、セオドア様が目配せで封《ふう》じる。

セオドア様は続けた。

「社交の常識や基礎《きそ》知識、マナー、礼儀作法。控《ひか》えめな彼女が自分から言わないだけで、学ぶことは数多くあるだろう。……彼女もやりたいと申し出てくれたんだ、マリアロゼにもお前にも、良い刺激《しげき》になるよ」

セオドア様に「どうだ？」と首を傾《かし》げられると、ルカも言い返せなくなったらしい。不承不承――といった雰囲気《ふんいき》は隠《かく》しきれないもののルカは頭を下げた。

「……はい……差し出がましいことを申し上げました」

彼に頷くと、セオドア様は私に向かって肩をすくめる。

私はルカに向き直った。

「ルカ様。こちらこそ突然押しかけて困惑させてしまい、申し訳ありません。……ヘイエルダールは不慣れで失礼があるかもしれませんが、しばらくの間、よろしくお願いいたします」

「……そんなに畏《かしこ》まる必要はありません。我が養父であるヘイエルダール辺境伯のお客様でしたら、何卒《なにとぞ》ルカと、お呼びください」

不満げではあるものの、彼は私に挨拶をしてくれた。

そこでまたぱたぱたと足音を立ててマリアロゼがやってくる。

「クロエさま、見て見て！　マリアロゼが描《か》いた絵を持ってきたよ！」

「廊下《ろうか》を走るな、お客様の前だぞ！」

大はしゃぎのマリアロゼをルカが窘《たしな》める。そんな二人の様子を、セオドア様は目を細めて見ていた。彼の表情は、領主セオドア・ヘイエルダールというよりも「セオドアお兄さま」の微笑《ほほえ》みに近いもので、私は嬉《うれ》しくなった。


その後、サイモンを連れた私は専属メイドに客間まで案内された。高い天井《てんじょう》からは玻璃《はり》の美しい灯明《とうみょう》が吊《つ》るされ、大きな窓からの光を反射してきらきらとプリズムの輝《かがや》きを放っている。私はふう、と息をついた。

「楽しそうでしたね、お嬢様」

「ええ……ほっとしたわ。セオドア様が昔の優《やさ》しい『お兄さま』のままで……」

嬉しい気持ちと同時に、申し訳ない気持ちが湧《わ》いてきてため息をつく。

「でも、改めて申し訳なくなるわね」

「と、おっしゃいますと？」

「……だって私はただの幼馴染《おさななじみ》よ。いくら兄とセオドア様や両家の親が親しかったからとはいえ、『気に入ってくれるならばいつまでだっていても構わない』だなんて言わせてしまうなんて……」

「本心でいらっしゃると思いますけれどもね」

「……セオドア様はお優しい方だから、心からの親切だとは思うけれど」

「ふむ……」

サイモンは顎に手を添《そ》え少し宙を見やったのち、言葉を続ける。

「今は考えても仕方ないことです。まずは自分を癒《いや》すことですよお嬢様《じょうさま》」

「……そうね、ありがとう」

私たちが歩いているところに、後ろから声が聞こえた。

「クロエ様」

掠《かす》れた少年の声が私を呼び止める。

振《ふ》り返るとルカが、拳《こぶし》を握《にぎ》りしめて立っていた。

私の代わりに、サイモンがルカに問いかける。

「いかがなさいましたか、ルカ様」

サイモンではなく私に向かって、ルカは言った。

「……クロエ様。先ほどは伺えなかったのですけれど。クロエ様も領主父様を目当てにお越《こ》しなのですか？」

「目当て……って？」

「領主父様のもとには何を勘違《かんちが》いしたのか、結婚《けっこん》を求めて押しかけてくるご令嬢が後を絶ちません。クロエ様も同じもくろみでしょうか？」

「私は……」

「領主父様は意志を持って独身を貫《つらぬ》いていらっしゃいます。浮《うわ》ついたお気持ちで領主父様に近づくのは、何卒おやめください」

何か言おうとするサイモンを止め、青ざめるメイドを視線で宥《なだ》め、私は一歩前に踏《ふ》み出す。ルカと真っ直《す》ぐ目を合わせると、彼はぎゅっと唇《くちびる》を固く引き結んだ。

「先ほどから、それを心配していたのね」

「……そうです」

「心配させてしまってごめんなさい。離婚《りこん》したてでまだ何をするか決めていない私を、セオドア様がしばらく迎《むか》えてくれることになっただけなの。セオドア様の邪魔《じゃま》はしないわ。約束する。今後の身の振り方が見つかるまで、しばらくお世話になると思うけれど、早くここを出るようにします」

「別に……無理に追い出すつもりではないです。僕にその権利なんてありません」

ルカは気まずそうに目を落とす。

「認識《にんしき》を改めるとともに、非礼をお詫《わ》び申し上げます」

でも、とルカは付け足す。

「どうかくれぐれも……領主父様を惑《まど》わせようとなさらないでください」

ルカは踵《きびす》を返すと、早足で廊下を後にする。

彼の姿が見えなくなったところで、メイドが泣きそうな顔でぺこぺこと頭を下げた。

「もも申し訳ありません。ルカ坊《ぼっ》ちゃまが大変失礼を！」

「気にしていないわ。いきなり私が来て不安に思うのも当然のことだから」

メイドは汗《あせ》を拭《ぬぐ》い、ルカの去っていった方向を見やる。

「ルカ坊ちゃまの亡《な》きお父君は騎士《きし》団総督《そうとく》でいらっしゃいました。領主様の武術の師でもあり、厳しくご立派なお方でした。……戦乱で臣下の減ったヘイエルダールで、ルカ坊ちゃまは少しでも早く領主様の役に立とうと必死なのです」

その話を聞いて、真っ先に思い浮《う》かぶ人がいた。

「……ねえサイモン。まるでお兄さまみたいね」

相次いで両親を失った後、兄も私を守るため、必死に背伸《せの》びして大人に向かっていってくれていたのを思い出す。生意気と受け止められても、必死だった。身内を守るために忠告してくるルカの姿は私にとって、懐《なつ》かしくていたいけな姿だった。

「ルカの力になれることも、あったらいいのだけど……」

私に用意されたのは城の南側、貴婦人向けに整えられた一角だった。寝室《しんしつ》と個人用の居間、専用の浴室やメイドが常駐する控え室まで設けられた南向きの気持ちの良い部屋だ。

ほぼ最低限の荷物だけで身を寄せた私に、セオドア様は部屋から日用品、食事、専属メイドまで、至《いた》れり尽《つ》くせり整えてくれていた。

「こちらでは、持ってきた服を着なくてもよさそうね……」

手持ちのドレスは古着でみっともない有様だったので、厚遇《こうぐう》がありがたいと思う。

湯浴《ゆあ》みをして真新しいネグリジェに袖《そで》を通し、メイドによって髪《かみ》に丁寧《ていねい》に櫛《くし》を通され、香油《こうゆ》を塗《ぬ》られて綺麗《きれい》に三つ編みにしてもらった。

一人になって、ベッドに腰《こし》を下ろす。ふわ、と温かな弾力《だんりょく》が返ってきた。

「なんだか、全部……夢みたい」

私は高い天井を見上げてつぶやいた。天井には磨《みが》き上げられた玻璃の灯明がかけられている。

夕食は滋養《じよう》効果の高い薬草のスープをいただいたので、お腹《なか》は心地《ここち》よく満たされている。常につきまとっていたどんよりと頭を重くしていた疲《つか》れも消えている。深呼吸し、体と髪に擦《す》り込まれたハーブオイルの良い匂《にお》いを感じる。私は心から呟《つぶや》いた。

「幸せだわ……」

もちろん甘えてばかりではいけないとわかっている。穏《おだ》やかに暮らして心を癒して、自分の身の振り方を決めるように立ち直る。あくまで、そのための静養なのだから。

「……セオドア様、私を見てがっかりなさらなかったかしら」

次に湧き上がってきたのは、見窄《みすぼ》らしい姿で再会してしまった恥《は》ずかしさだ。

「昔は蜂蜜姫《はちみつひめ》みたいだって褒《ほ》めてもらえたけれど……ふふ、今じゃとても」

容姿だけじゃない。今は幼馴染として親切にしてもらっているけれど、一緒《いっしょ》に暮らすうちに、がっかりさせてしまうかもしれない。

「……悩《なや》んでも仕方ないわ。失ってしまったものは……寝《ね》ましょう」

明かりを消して、目を閉じる。

眠《ねむ》れないかと思っていたけれど、体は睡魔《すいま》に従順で、次第《しだい》に重たくなっていく。

心地のよい静寂《せいじゃく》だった。離婚できたことを改めて実感する。

罵声《ばせい》で急に起こされることも、深夜に徘徊《はいかい》する姑《しゅうとめ》を寝かすことも、もうしなくていい。

静かな夜というのは私にとってそれだけで、贅沢《ぜいたく》なものだった。

ヘイエルダールに来て、あっという間に一週間がすぎた。

今朝もメイドに付き添われ、朝食専用の食堂へと向かう。尖塔《せんとう》の端《はし》の円い部屋で、朝日がよく入る明るい部屋だった。真っ白なテーブルクロスがかけられた丸テーブルでは既《すで》に、セオドア様が席についていた。

「おはようございます、セオドア様」

「おはよう。新しいドレスが仕上がったのか」

セオドア様はぱっとわかりやすく目を輝《かがや》かせる。気恥《きは》ずかしくなりながら私は頷《うなず》く。

「はい。サイズもぴったりで、色も可愛《かわい》らしくて……少し可愛らしすぎませんかね？」

「よく似合うよ」

「そ……そうですか？」

私はマントルピースに飾《かざ》られた装飾鏡《そうしょく》を見やる。そこには、ヘイエルダールの伝統的なドレスを纏《まと》った私の姿が映っていた。真紅《しんく》を基調としたスカートとボレロは、花模様の生地《きじ》が用いられていて華《はな》やかだ。飾りエプロンは繊細《せんさい》な総レース。ブラウスの大きな襟《えり》にはシロツメクサの刺繍《ししゅう》が施されている。顔周りを明るくするブラウスの白と大胆な花柄による効果なのか、この装《よそお》いだと幾分《いくぶん》か健康的に見える気がする。

「落ち着いた色が好みなら、次はクロエの希望に添って仕立てさせよう」

「とんでもないです。ただでさえ、全《すべ》てご用意していただいているのに」

「あ……ちょっと配慮《はいりょ》が重た過ぎただろうか」

セオドア様がためらいがちに言うので、私は急いで首を横に振《ふ》る。

「あっ、そ、そんなことは」

慌《あわ》てる私に、セオドア様は眉《まゆ》を下げて微笑《ほほえ》んだ。

「これは私の自己満足だ。私がやりたくてやっているんだ。クロエが嫌《いや》ではないなら……受け取って欲しい。他《ほか》のものが欲しいのならなんでも言えばいいし、必要なものがあれば用意するから」

「嬉《うれ》しいです。こんな扱《あつか》いされたことなくて、びっくりしてはいますが……新しいドレスなんて、子どもの時以来です」

「……そうか」

「けれどよろしいのですか？　今日も朝食の団らんに私が入ってしまって」

「家庭教師ならば主人一家と食事を共にするのは普通《ふつう》のことだよ。いつも朝から騒《さわ》がしくて悪いが、一緒だとマリアロゼも残さず食べるから助かっているんだ」

「お役に立てているならよいのですが……」

ちょうど噂《うわさ》をしていたマリアロゼが、元気に食堂へやってきた。

「おはようございます、領主父さま!」

「おはよう、マリアロゼ」

セオドア様は柔らかく微笑んで挨拶を返す。

「あっ、クロエ先生! 新しいドレスなのね!」

マリアロゼは三つ編みを揺《ゆ》らし、私を見て目を輝かせる。

「かわいい! 蜂蜜姫さまみたい!」

「ありがとう」

私は蜂蜜姫、の単語に想《おも》いを馳《は》せる。ルカもやってきて席に着いたところで、セオドア様はルカに食前の祈《いの》りを頼《たの》んだ。

頷いたルカが手を組んで首を垂《こうべ》れる。

『女神《めがみ》の慈愛《じあい》を賜《たまわ》り、今日もこのヘイエルダールの地に生きること、感謝申し上げます』

ルカの祈りに合わせ、皆《みな》声をそろえて祈りを捧《ささ》げる。私も合わせて、手を組んで祈りを捧げた。しばしの沈黙《ちんもく》の後、顔をあげ、食事が開始される。

私と目が合うと、ルカは気まずそうに目をそらした。気にさせて申し訳ない。

三人は蜂蜜をかけたかりかりのバゲットやサラダ、スクランブルエッグにハムに、クルトンが浮かんだ赤みがかった澄《す》んだスープ、といった朝食をとっている。華《はな》やかな模様の描《えが》かれたお皿に盛り付けられていて、見ているだけでも楽しい。

私の朝食はというと、野菜のスープにバゲットが浸《ひた》してある優《やさ》しいメニューだ。結婚《けっこん》生活の間にすっかり胃が弱ってしまっているので、私は少しずつ食事の量を増やす方向で調整してもらっている。

「クロエ先生、マリアロゼのハム食べる？」

「ありがとう。もらっていいの？」

「うん！　早く元気になって欲しいから！」

そんな私が心配らしく、マリアロゼは毎日一品だけ、私に差し出してくれる。不思議と彼女がくれるものは美味《おい》しく食べられた。その代わりちゃんと、メイドに追加のおかわりを求めているのはマリアロゼらしい。

私はゆっくり咀嚼《そしゃく》して、胃に収める。ただのハム一枚なのに、体の芯《しん》から満たされる気持ちになった。

「クロエ先生、美味しい？」

「ええ、美味しいわ」

私は心から答えた。あたたかなパンも、冷めていないスープも、私には新鮮《しんせん》なものだった。ずっと味わうということを忘れていたから、味覚が戻ってきたこと自体新鮮だ。

「こんなにたくさん食べられるようになったの、いつ以来かしら」

私はスープを味わいながら、しみじみとつぶやく。

「……これからもっとたくさん、美味しいものを食べよう」

セオドア様がどこか切なげな顔で、私を見て微笑んだ。

「クロエ先生みてみて！　この虫はなあに？」

「これは……ダンゴムシね」

「このお花は？　臭《くさ》いけど腐《くさ》ってるの？」

「ドクダミよ。聖女の白い花と呼ばれている花で、煎《せん》じたらお薬になるのよ」

「すごい！　葉っぱ食べていい？」

「食べたいなら洗ってからね。ただし苦いけれど、食べられる？」

「うー、それはやだなあ……次の持ってくる！」

ドクダミの花をガーデンテーブルに置き、庭を大はしゃぎで駆《か》け抜《ぬ》けていくマリアロゼ。愛らしい服で転んでも、擦《す》りむいてもへっちゃらで駆け回り、楽しそうに虫や草花を見つけては私のもとに持ってきて、「これはなあに？」「これは？」と聞いてくる。

私に日傘《ひがさ》を差し掛《か》けるメイドが、申し訳なさそうに言った。

「女の子なのに、虫やら変なものが大好きで」

「誰《だれ》にどんな興味があるかは人それぞれだし、無理に止める必要はないわ。……彼女のご両親は、魔術師《まじゅつし》でいらっしゃるのよね？」

「はい。ご両親はご健在ですが、宮廷《きゅうてい》に魔術師として招集されていらっしゃいます」

ナニーメイドは悲しげに、眉根《まゆね》を寄せて呟《つぶや》く。

「マリアロゼ様が生まれたてだったことや、隣国《りんごく》との衝突《しょうとつ》の要所でもあるヘイエルダールの魔術師ということで、ご両親は五年の猶予《ゆうよ》を出されていたのです。けれど去年の春から行くことになって……」

国家魔術師新法により、魔術師の才能を持つ者全ては五年間の魔術師役《えき》の義務が生じる。マリアロゼのご両親も魔術師として宮廷に招集されているのだ。

「もう十ヶ月くらい……離《はな》れ離《ばな》れなのですね」

「はい。ご両親は『ヘイエルダールの者が宮廷に入ることは領地の実情を訴《うった》えるためにも必要だ』と気丈《きじょう》に宮廷へと向かわれて……」

ヘイエルダール辺境伯領は、王国とは文化を異とする元小国の地域だ。そのため隣国との争いが起きても、宮廷からは何かと支援《しえん》を渋《しぶ》られやすい立場にある。いわば盾代《たて》わり。だからこそ領内では独自の慣習法が認められたり、独立に近い立場を維持《いじ》できているのだが、切り捨てられないために宮廷内の交渉《こうしょう》は必要不可欠だという。

「お二人の働きを評価する意味も込めて、セオドア様はマリアロゼを養女に迎《むか》え、大切に預かり育てていらっしゃるのですよ」

私はナニーメイドの話を聞いて頷く。

「確かに、辺境伯領主の養女という立場なら、将来の道は開けますものね……それに」

マリアロゼと出会ったときを思い出す。彼女は外から来る馬車の中を確かめるために、生垣《いけがき》を越《こ》えようとして失敗したのかもしれない。

「……マリアロゼが城にやってくる馬車に興味津々《きょうみしんしん》に飛び込んでいくのは……ご両親の帰《き》還《かん》ではないのかと期待してしまうからなのかもね」

冷たいベッドで兄を思って眠《ねむ》れなくなった夜を思い出し、私は切なくなる。

「ご両親がご帰還される機会はあるの？」

「今年から宮廷魔術師の移動制限も緩和《かんわ》されましたので、夏祭りには帰還されるご予定と聞いております」

「素敵《すてき》ね、よかったわ」

一ヶ月後に、彼女は大好きなご両親と再会する。

彼女のご両親を思う気持ちと、好奇心《こうきしん》の強さ。

その二つを上手に生かして、彼女の成長に結びつけられないだろうか——。

明るい声が、しんみりとした空気を吹《ふ》き飛ばす。

「クロエ先生！　猫《ねこ》ちゃん連れてきたよ！」

マリアロゼが、子猫を重たそうに抱《だ》っこして駆けてきた。転んでしまっては危ない。私は急いで駆け寄る。

「あっ」

案の定、マリアロゼが前のめりに転ぶ。猫とマリアロゼを受け止めて、私も芝生《しばふ》に転がることになった。

「っ……」

「先生ごめんなさい、大丈夫《だいじょうぶ》？」

「大丈夫よ。マリアロゼこそ、怪我《けが》はない？」

「うん！」

「よかったわ。次はゆっくり歩きましょうね」

「はーい！」

私はマリアロゼの髪《かみ》を撫《な》でる。猫も上に乗ってきて、顔を舐《な》めてきた。

「ふふ、猫ちゃんもクロエ先生好きー？」

にこにこと笑うマリアロゼにほっこりとしながら、私は芝生に横たわったまま空を見上げた。

明るい空は薄《うす》いヴェールのような雲で覆《おお》われていた。

「綺麗《きれい》……」

花曇《はなぐも》りの空。ヘイエルダールらしい、心地《ここち》よい日和《ひより》だった。

後日。午前中さっそく外で遊ぼうとするマリアロゼに、私は一つ提案をした。毎日走り回るのもいいけれど、せっかくなので新しいことを彼女に提案してみたい。

「蜂蜜姫《はちみつひめ》のティーパーティーごっこをしない？」

「ティーパーティーごっこ？　楽しそう！」

身を乗り出すマリアロゼを庭に案内する。

「わあ……可愛《かわい》い！」

マリアロゼがはしゃいだ声をあげる。ガーデンテーブルには可愛らしいティーパーティーごっこの準備がされていた。来客に見立てたぬいぐるみを設置して、テーブルには花瓶《かびん》と、ささやかな軽食を並べて。

「どうして花瓶にお花が挿《さ》してないの？」

「それはあなたが選ぶのよ、蜂蜜姫」

「えっ」

目を見開くマリアロゼの前にしゃがんで、私は彼女の髪に、黄色のリボンをカチューシャのように結んだ。

「これでマリアロゼは蜂蜜姫よ。マリアロゼは女主人として、ティーパーティーを成功させるの。お花を用意して、お客様みんなに挨拶《あいさつ》して、お茶とお菓子《かし》を説明して、行儀《ぎょうぎ》良く祈《いの》りを捧《ささ》げていただくの。上手にできる？」

「できる！　やりたい！　蜂蜜姫だもん！」

ぴょんぴょんと主張するマリアロゼに、私はにっこりと笑う。

「じゃあお客様に会う前に、先生と挨拶の練習をしましょう？　お姫様みたいな挨拶、できる？」

「できる！」

「ではやってみましょう。まずはお手本をみせましょうか」

私は背筋を伸《の》ばし、息を整える。かつて母に教えてもらったことを思い出しながら――視線を遠くしてお腹《なか》に力を入れてゆっくり、体の軸《じく》を揺《ゆ》らさないように膝《ひざ》を曲げていく。数を数えながら頭を低くして、そしてまたゆっくりと体をまっすぐに戻《もど》していった。ただ辞儀《じぎ》を行うのではなく、見本としての辞儀は緊張《きんちょう》する。静かに呼吸を整え、マリアロゼを見て「どう？」と尋《たず》ねる。

マリアロゼの頬《ほお》は紅潮していた。

「すごーい……先生、本物のお姫様みたい……！」

「あなただってすぐにできるわ。大丈夫。まず背筋を伸ばして。そしてそーっと、膝を曲げるの。ゆっくりね……」

ぎこちなくも一生懸命《いっしょうけんめい》、マリアロゼは真似《まね》をする。唇《くちびる》を引き結んだ真剣《しんけん》な表情が愛らしい。私は手を叩《たた》いて盛大に褒《ほ》めた。

「すごいわ。これならきっと、セオドア様も、マリアロゼのパパとママもびっくりするわ。まるで大人のレディみたいだねって」

「すごい？　領主父さまも、パパとママも、褒めてくれる……？」

「ええ。みんなを驚《おどろ》かせちゃいましょう」

私の言葉に乗ってくれて、マリアロゼが急に背筋を伸ばしてお嬢様《じょうさま》らしくし始めた。私がナニーメイドに目くばせすると、彼女たちはうんうんと、嬉《うれ》しそうに頷《うなず》いてくれた。

「じゃああちらの生垣《いけがき》の方から、ゆっくりと歩いてきて挨拶してみましょう。私も初めましての挨拶をするわね」

「うん、やってみる！　だってマリアロゼ、蜂蜜姫だもん」

元気に答えながら小走りに生垣に向かおうとして、ぴたりと足を止めるマリアロゼ。彼女は顎《あご》をつんと高くすると、すました顔で背筋を伸ばして歩いて行く。すっかりなりきっている。

それから小一時間ほど、ぬいぐるみをゲストに見立てたごっこ遊びに興じていたところで、がさがさと芝生を踏《ふ》みしめる音が近づいてくる。

いつもの重厚《じゅうこう》な軍装にマントを羽織ったセオドア様の姿が現れた。

「何をしているのかな？」

可愛らしい花とティーセットとぬいぐるみといった場では、一層セオドア様の装《よそお》いの厳《いか》めしさが際立《きわだ》って見える。日中は政務で忙《いそが》しい人なので、居住区側の庭で会うのは初めてだった。

「蜂蜜姫主催《しゅさい》のティーパーティーごっこをしていました。セオドア様は、いかがなさったのですか？」

「ああ。時間が空いたので、クロエとマリアロゼの様子を見たくて」

「まあ」

生垣の向こうからしずしずと歩いてきたマリアロゼが、ぱっと目を輝《かがや》かせる。

「ふふ。少し覗《のぞ》いて帰るつもりだったのだが、見つかってしまったな」

そのまま飛びつきそうな所作を見せたマリアロゼは、思い出したようにぴたりと止まる。しずしずと落ち着いた様子で背筋を伸ばして歩いてきて、セオドア様の前で止まった。

背筋を伸ばし――ぐらついているものの、堂々とゆっくり、淑女《しゅくじょ》の辞儀をしてみせた。

「ごきげんよう、ヘイエルダール辺境伯。マ……わ、わたしのお茶会にようこそおいでください……ました っ！」

先ほど覚えたばかりの文言を思い出しながら口にして、マリアロゼは最後に誇《ほこ》らし気ににっこりと微笑《ほほえ》む。まさにレディの微笑みだ。

セオドア様が驚きで目を見開いて固まっている。その様子に、マリアロゼはひひ、と歯を見せて笑った。

「領主父さま、すごいでしょ？　ね、びっくりした？」

「……ああ、驚いたよ。すっかりレディだな」

褒め言葉を期待する彼女に満面の笑《え》みを浮《う》かべ、セオドア様は飛びついてくるマリアロゼを抱《だ》き上げて褒めた。

「まるで蜂蜜姫や、春のお姫様のようだ。見事だ、さすがマリアロゼだな」

「わーい！　褒められたよ、クロエ先生！」

無邪気《むじゃき》に両手をあげて大喜びをするマリアロゼに、自然と私もナニーメイドたちも拍手《はくしゅ》をする。

「よかったわね、頑張《がんば》ってたものね」

「えっへん」

ますます嬉しそうにマリアロゼは胸を張った。

「マリアロゼね、夏祭りでパパとママにレディになったところ見せたいな！　領主父さまに見せたから、次はパパとママ！」

「……そうか。目標ができたのか」

抱《かか》え上げた愛娘《まなむすめ》を見上げ、セオドア様が愛《いと》しそうに呟《つぶや》く。マリアロゼは大好きを全身で訴《うった》えるように、セオドア様に抱きついて足をぱたぱたした。

「領主父様、こちらにいらっしゃいましたか──」

次に聞こえてきたのは、声変わり気味の少し掠《かす》れた少年の声。

セオドア様がやってきた方向から来たのはルカだ。いつものリボンタイの制服を纏《まと》った彼は私たちの様子を見て、面食《めんく》らったように立ち止まった。

「……何してるんですか、一体」

「あ、ルカお兄さま！　ルカお兄さまもやろう！」

「え、ええ？　……な、何を？」

「蜂蜜姫のティーパーティーごっこ！　……あ、ルカお兄さまにも見せてあげるね、クロエ先生に教えてもらったご挨拶！」

セオドア様の腕《うで》からずりずりと降りて、捲《まく》れたスカートを整える。そしてお上品に背筋を伸ばすと、再び覚えたての辞儀をルカへと披露《ひろう》した。

「ごきげんよう、ルカお兄さま。わたしのお茶会にようこそお越《こ》しいただきました。うれしくぞんじます」

言えた！　と言わんばかりの笑顔の眩《まぶ》しさに打たれ、ルカがうっと身じろぎする。集まった視線に決まり悪そうに口元をもごもごとさせると、ルカも背筋を伸ばして胸に手をあて、丁寧《ていねい》な辞儀を返した。

「お招きいただきありがとうございます、マリアロゼ嬢」

「……！」

マリアロゼはますます喜色をあらわにする。

「それではこちらへどうぞ、お兄さま！」

「でも、僕は……」

「今お招きありがとうって言ってくれたのに？」

「……う……」

大きな瞳《ひとみ》でじっと見られると弱いらしい。ルカは根負けしてため息をついた。

「わかったよ。休憩《きゅうけい》時間のあいだだけだからな」

「わーい！」

「こうして三人でティーパーティーをするのは初めてかもしれないな？　ルカ」

「もう……領主父様まで……」

気恥《きは》ずかしそうに頬を染めながら、ルカは観念して席につく。

それから昼食を知らせる鐘《かね》が鳴るまで、私たちは蜂蜜姫《はちみつひめ》のティーパーティーを楽しんだ。


午後。

昼食会の予定が入っているということで一度別れたセオドア様は、マリアロゼのお昼寝《ひるね》の時間に再びこちらへと訪《おとず》れた。

レースカーテンが揺れる子ども部屋で、マリアロゼは私の膝枕《ひざまくら》で眠《ねむ》っている。

本来はナニーメイドが寝かしつけることになっているが、私と一緒《いっしょ》にいたいとおねだりされたので、膝《ひざ》を貸していたのだ。

「よく寝ているね」

ベッドに座り、声をひそめてセオドア様が呟く。私は頷いて、マリアロゼを見下ろす。たくさん遊んでお腹《なか》いっぱいになった彼女は、午後になったとたんにことりと眠りについてくれた。

セオドア様はそっとマリアロゼの額を撫《な》でる。子どもを撫で慣れた手つきだった。

「……実はマリアロゼは、私の前で実の両親の話をこれまでほとんど口にしなかった」

セオドア様が眉《まゆ》を下げて愛娘を見下ろした。

「口に出したら、傍《そば》にいない寂《さび》しさを思い出すというのもあるのだろう。一緒にいる領主父様に悪いと思う気持ちもあるのだろう。……こんなに小さいのに、大人の事情に巻き込んで、色々考えさせて……悪いと思っている」

「セオドア様……」

「私《わたし》では、血の繋《つな》がったご両親の代わりにはなれないからな……」

「比べられるものではありませんよ」

自然と口をついて出た言葉だった。セオドア様の視線を受けながら、私は続ける。

「ご両親も領主父様も、マリアロゼにとって、大切な家族です……なんと言えばいいんでしょう。私も、同じだったから」

「同じ？」

ええ、と頷《うなず》いて、私は揺《ゆ》れるカーテンへと視線を向けた。

「離《はな》れて暮らしていた兄はもちろん大切な家族でした。同時に、傍にいてくれたサイモンもまた、サイモンという掛《か》けがえのない家族のように思っていました、兄の代わりなどではなく。それに……昔、小さかった私をちゃんとレディ扱《あつか》いして接してくれた、セオドアお兄さまも大切な存在で……。誰《だれ》かが誰かの代わりではなく、一人一人誰が欠けても寂しいかけがえのない人たちです」

「クロエ……」

「きっとマリアロゼも同じ気持ちです。領主父様も、ルカお兄さまも、血のつながったご両親も家族で……。セオドア様は領主父様として、自信を持ってこれまで通り愛してあげればいいんです。大切な家族は何人いても、幸せなものですから」

私はセオドア様の顔を見た。そしてどきりとした。

セオドア様が私を、じっと真面目《まじめ》な眼差《まなざ》しで見つめている。

「クロエ」

気が緩《ゆる》んでつい、多くを話し過ぎたかもしれないと気づく。

「申し訳ありません。まだヘイエルダールに来たばかりなのに、わかったようなことをたくさん……お恥ずかしいです」

「私は嬉《うれ》しい」

セオドア様は優《やさ》しく微笑《ほほえ》む。

「私は君と離れて長い。顔すら忘れられているかもしれないと覚悟《かくご》していたから……そんな風に君が思っていてくれたと聞けてよかった」

「それは当然です。だって……」

「だって？」

「……それは……」

セオドア様のまなざしから、私は視線を逸《そ》らす。本当の事は言いにくいと思った。婚約《こんやく》者《しゃ》として淡《あわ》く憧《あこが》れていたことなど、今この状態で口にしてしまえばよくない誤解をさせてしまう。

私は当たり障《さわ》りのない返事を考え、笑顔を作った。

「……セオドアお兄さま、と呼ばせていただいていたではありませんか。私にとってノエルお兄さまと同じように、かけがえのないお兄さまでしたもの、セオドア様は」

「そうか」

それ以上深くは追及《ついきゅう》せず、セオドア様は納得《なっとく》したように微笑んでくれた。

マリアロゼが小さく身じろぎをする。私たちは顔を見合わせ、話し込みすぎたと気づいて肩《かた》をすくめあった。

セオドア様が小声で言った。

「ありがとう。マリアロゼの件。自信を持ってこれからも領主父様を全《まっと》うできそうだ」

「ええ。ぜひそうしてあげてください」

「また今度、ゆっくり話をしよう。今のクロエの話をもっとよく聞きたいんだ」

「楽しみにしてます」

私が微笑んで頷くと、セオドア様は少しだけ、びっくりしたように目を瞬《また》かせる。

「……セオドア様？」

「気にしないでくれ」

そして控《ひか》えめに咳払《せきばら》いして顔をそむけると、音を立てずに立ち上がった。

「今日は嬉しい言葉をありがとう。……また、あの時のようにクロエにとってかけがえのない存在になれるように努力するよ」

「はい」

セオドア様は笑顔《えがお》を残し、部屋から去っていった。

ヘイエルダールに来て二週間目。

私は朝からメイドの手を借りて荷物の整理を行っていた。ストレリッツィ家から持ってきていた小物や衣類を、全《すべ》て処分するためだ。仕分けが終わったところで、書類関係の整理を任せていたサイモンもやってきた。

「思い切りましたね、クロエ様」

「ええ。もったいないけれど、見ると気持ちが暗くなってしまうし、ヘイエルダールの気候に合わないものばかりだから」

「終わった過去を捨てるのは良いことです」

こうして並べてみると、服はどれも薄汚《うすよご》れて見えた。色褪《いろあ》せ、繊維《せんい》が細くなった古着は、ヘイエルダールの城で暮らすどの使用人の服よりも傷《いた》んでいる。これをたった数週間前まで、ほつれを繕《つくろ》いながら当たり前のように着ていた。この装《よそお》いで城に上がり込んでしまった恥ずかしさに、私は今更《いまさら》ながら居たたまれない。

「では、こちらサイモンさんとご一緒に処分してまいりますね」

「ええ。よろしく」

メイドとサイモンと別れ、私は部屋から天気が心地《ここち》よい外へと出た。

今日はマリアロゼが親類のもとに向かうので、終日自由時間だ。私はかねてより気になっていた図書館へ行くと決めていた。城の敷地《しきち》内に建てられているので散歩ついでに行きやすいのだ。

図書館は石造で城内の別館のような佇《たたず》まいで、門には魔石《ませき》を用いた防犯装置がついている。中に入ると、壮年《そうねん》の司書の男性が簡単に館内の説明をしてくれた。

「我々《われわれ》の土地、ヘイエルダールは元々王国と文化を隔《へだ》てた小国です。書物は私たちの文化を守るための大切なものなので、城の中でも最も厳重に保管されています。もちろんクロエ・マクルージュ侯爵令嬢《こうしやくれいじよう》の閲覧《えつらん》はご自由です」

「ありがとう」

「よい読書の時間を」

柔《やわ》らかな紅の絨毯《じゆうたん》が敷《し》き詰《つ》められた図書館は、窓も天鵞絨《ビロード》の分厚いカーテンで閉じられている。心地よい本の匂《にお》いと、呼吸音すら吸い込まれるような静けさに胸が高鳴る。磨《みが》き上げられたマホガニーの書棚《しよだな》も、整然と並べられた背表紙も、壮観だった。

時間はたっぷりあるので、私は蔵書全体をゆっくり眺《なが》めていくことにした。哲学《てつがく》・宗教、地理・歴史・伝記、社会、自然・魔法——。

マクルージュ侯爵領の蔵書に比べて魔術師向けの蔵書が少ないように感じる。分類が少し違《ちが》うのだろうかと思いつつ、目についた本の背表紙を一つ一つ辿《たど》っていく。よく見ると魔石工学の棚《たな》に魔術師向けの本が並べられている。その理由を私は一人考えてみた。棚を見る限り、ヘイエルダールでは魔石、特に魔道具の研究に力を入れているように感じる。王都から遠方だからか比《ひ》較的《かくてき》古い本ばかりが目につくけれど、魔石や魔道具に関する蔵書は新しいものが多い。重たい本を一つ手に取って開いてみると、頻繁《ひんぱん》に読まれているのか頁《ページ》が捲《めく》りやすい。魔石や魔道具に関して、随分《ずいぶん》と勉強熱心な人がいるようだ。

夢中になって本棚を物色していると、本棚の向こうに見慣れた尻尾《しっぽ》髪《がみ》が揺れるのが目に留まった。

ルカが難しい顔をして書棚を見上げている。手元のノートと書棚を交互《こうご》に見ながら、何かを探しているような様子だった。

「ルカ？」

「っ……！」

気づいた途《と》端《たん》、ルカが大袈裟《おおげさ》なくらいびくついた。夢中になっていたのだろう。

「驚《おどろ》かせてごめんなさい」

「い、いえ……」

彼は困惑《こんわく》した顔で距離《きょり》を取り、何を言いたいのか、と言いたげな目を向けてきた。

「本を探しているのよね。私で何かお手伝いできないかしらと思って」

「……あなたには関係ないですよ、僕の受験用の調べ物なので」

目をそらしたまま話すルカ。少なくとも無視されはしなかったので、私は安堵《あんど》した。私は手元のメモ書きを指す。

「見てもいいかしら？」

「いいですが……分からないと思いますよ……」

「魔術学園の高等部を受験するの？　……そうね、高等部卒で魔術師役《えき》で宮廷《きゅうてい》に入ったほうが出世は早いものね。この教科は……魔術技術科、かしら……」

「待ってください。メモを見るだけでどうしてわかるのですか？　領主父様に聞いていたのですか？」

「兄が複数科を受験していたから、科目を見ればなんとなくわかるのよ」

「……あのノエル様が、ですか……」

「嬉しい。兄の名前を知っているのね？」

「……知っているも何も」

私の言葉にルカは信じられないといった風な顔をする。

「ノエル・マクルージュ侯爵と言えば第五魔術師隊《フィフス・メイジオーダー》の綺羅星《ポラリス》……次期宮廷筆頭魔術師の最有力候補として、魔術新聞でも姿絵付きで取り上げられている天才魔術師ではないですか」

「まあ」

「知らなかったんですか」

「うっすらとしか知らなかったの。嫁《とつ》ぎ先では、私が余計な外の情報を得るのは嫌《いや》がられていて、特に魔術関係はうるさかったから。マクルージュ侯爵家は魔術師を多く輩出《はいしゅつ》する家系だけど、嫁ぎ先だったストレリツィ侯爵家は魔術師が生まれない家系で……コンプレックスとか、対抗《たいこう》意識とか、強かったみたいなの」

ルカの表情に同情が滲《にじ》む。私は明るく振《ふ》る舞《ま》った。

「嬉《うれ》しいわ。兄を知ってくれているのは」

私はメモにリストアップされた魔術書名を目で追いながら、学問に打ち込んでいた懐《なつ》かしい兄の背中を思い出す。

「兄は努力家で、苦労を人にひけらかさない人だったわ。マクルージュの家名の誇《ほこ》りを守るために、私を守るために……本当に頑張《がんば》っていたの。それが認められているのは……嬉しいわ」

「家を継《つ》ぐ嫡子《ちゃくし》にとって当然です、努力なんて」

ルカが呟《つぶや》く。その横顔は険しい。

「僕は亡《な》き父の代わりにならなければならないのです」

私に訴《うった》えるというよりも、己《おのれ》に言い聞かせるようにルカは言葉を重ねる。

「殉死《じゅんし》した父の役職の後継《こうけい》は親類に譲《ゆず》らざるをえませんでしたが、僕はいずれ家を相続する嫡男として父の志《こころざし》を継ぐ義務があります。僕は早く領主父様の力になりたい……その

ために は、努力なんて当然です」

話しすぎたと思ったのだろう。

ルカはばつが悪そうな顔をして、目をそらす。

「とにかく、僕は学ばなければならないのです。無駄《むだ》話をする暇《ひま》はありませんので……」

「待って」

私は彼を呼び止めた。

「探している本、ここにはなかったんでしょう?」

私は本棚を見回す。

「蔵書を見ている限り、ヘイエルダールの書籍《しょせき》は数は多いけれど、王都の受験に必要な本は足りていない感じがするから……。よかったら、私と一緒《いっしょ》に手分けして、蔵書があるもの、ないもの、一時的に代用で使える本を選定しない?」

「……」

「それに足りない本も、兄が持っているかもしれないわ。借りられるか聞いてみましょうか。マクルージュ家の蔵書は全て兄が引き取っているの。受験したのは五年以上前だから古くなっているかもしれないけれど……新しい本も宮廷図書館から借りられるようにしてくれるかも」

「い、いいんですか?」

「もちろん、頼《たの》んでやっぱり駄目《だめ》ってこともあるかもしれないけれど、まずは聞いてみるわね。ルカの事情を聞いたらきっと、兄は力になってくれるわ」

ルカは視線を彷徨《さまよ》わせ、口を開けたり閉じたりと、言葉を探している様子だった。困惑にたっぷりと時間をかけたのち、気持ちの整理がついたのか、ルカは唇《くちびる》を引き結んで頷《うなず》いた。

「手伝っていただけますか。……クロエ先生」

図書館を出たときには、もう既《すで》に日が傾《かたむ》いていた。

うんと伸《の》びをすると、お腹《なか》が空腹を訴える。私は笑った。

「昼食、抜《ぬ》きになっちゃったわね。ごめんなさい」

「いえ……僕の方が、付き合っていただいた、ので……」

本を携《たずさ》えたルカが言う。最初のとげとげしい態度は和《やわ》らぎ、必要な会話ならできるくらいの距離感《きょりかん》まで打ち解けてもらうことができた。

「まさか技術・工学の棚まで見る必要があるなんて思っていませんでした。僕だけだったら探せなかった本も多かったです」

「魔術師向けの本を、タイトルと切り口だけを変えて魔石《ませき》工学の本としても出しているって、お兄さまが言ってたのを覚えていたの」

兄は魔術学園試験の時も、在学中も、マクルージュに豊富にある魔石工学の書籍を多く読み漁《あさ》っていた。理論は同じなので代用が効くというだけでなく、より体系的に魔術を学ぶことができるからと、私に話してくれていたのを思い出す。

マクルージュ侯爵《こうしゃく》領と同じく、ヘイエルダール辺境伯領も魔石鉱山を有する。ならば魔石工学の棚は当然充実《じゅうじつ》しているのだった。

「しばらくはこの本で学べばいいわ。兄にはすぐに手紙を出しておくから。勉強熱心な子にはきっと親身になってくれると思うの」

「……ありがとうございます。よろしくお願いします」

頬《ほお》を紅潮させて、ルカが背筋を伸ばして辞儀《じぎ》をする。

「それでは……また。失礼します」

足早に去っていくルカ。その背中を見送りながら、私は微笑《ほほえ》ましい気持ちでいっぱいになった。

「私も……ルカみたいに、何か勉強してみようかしら」

社交界に出る前に嫁いでしまったので、女学校すら通ったことがない。読み書きも計算も一般《いっぱん》常識的な学問も、両親や兄、嫁いでからはサイモンに教えてもらっていた。離婚《りこん》して一人の人間となったのだから、何か手に職をつけたり、資格を取るのも必要だろう。

「私も頑張りましょう。……良い刺激《しげき》をもらったわ」

ルカにおすすめされて借りたヘイエルダールの子ども向けの歴史書を携え、私は軽い足取りで図書館を後にした。


――クロエが図書館で楽しいひとときを過ごしていた、その一方で。

夕暮れの城の裏、廃棄物《はいきぶつ》を処理する使用人しか訪《おとず》れない淀《よど》んだ一角。

焼却炉《しょうきゃくろ》を前に、昏《くら》い顔をしたセオドアが佇《たたず》んでいた。

隣《となり》に佇むサイモンから差し出された衣類は、クロエが元夫のもとで着せられていた古着のドレスだ。艶《つや》を失い、見るからに色褪《いろあ》せたぼろぼろの生地《きじ》が、似つかわしくない丁寧《ていねい》な運針で繕《つくろ》われ、擦《す》り切れた部分も当て布と刺繍《ししゅう》で綺麗《きれい》に仕上げてある。細《こま》やかな手仕事に対して強い愛《いと》おしさは湧《わ》くものの、あまりの仕打ちに臓腑《ぞうふ》が焼却炉の炎《ほのお》よりも強い怒《いか》りに煮《に》える。

怒りはストレリツィ家相手だけではなく、彼女に冷たい日々を送らせることしかできなかった、本来の婚約者としての不甲斐《ふがい》ない自分にも向いていた。

「……クロエ」

ドレスを胸に抱《いだ》き、特に細かく修繕《しゅうぜん》がされた袖口《そでぐち》に唇を寄せる。そして焼却炉へと投じた。過去を消し去るように、炎がぼろぼろのドレスを包み込んでいく。

炎を浴びながら佇む、セオドアに表情はない。

「これで全《すべ》てか」

「はい。クロエ様が捨てるようお命じになったものは、以上です」

「そうか。……あの屋敷《やしき》全てを燃やし尽《つ》くすことができないのが残念だ」

セオドアは話を変える。

「クロエの体調について、医者はどう話していた」

「はい。ヘイエルダールの空気があっているのでしょう、日々想像よりずっと早く回復しているとのことでした。ただ、」

「ただ？」

「……同年代の健康な女性の平均まで、体力を戻《もど》すには時間がかかる、と」

「どれくらいだ」

「負担にならないためには、一年は見た方が良いと」

「そうか。……彼女はそれだけ………」

黙《だま》って火を見つめ続けるセオドアにサイモンは一歩近づき、首を横に振《ふ》る。

「気に病《や》まれる必要はございません。領主様はクロエお嬢様《じょうさま》に、できることを全て行って

こられたのですから。無事クロエ様が白い結婚を終えられたのは、セオドア様のおかげです」

サイモンの真剣《しんけん》な眼差《まなざ》しを受け、セオドアはふっと苦笑《くしょう》した。

「……彼女を救うこともできず、こそこそとしたことしかできなかった無力が悔《くや》しいよ。今、毎日楽しそうに過ごすクロエを見ている時も……ふと影《かげ》が落ちるように、もっと早く助けてやれなかったのかと悔《く》いてしまう」

「私も同じです。……昨晩は夢を見ました。弱音も吐《は》かず、ひび割れた手で大奥様を介護《かいご》するお嬢様を守れなかった夜の夢を。……亡《な》きマクルージュ侯爵ご夫妻からお預かりした大切なお嬢様を守れなかったことを日々、夢に見るまで後悔《こうかい》しております」

サイモンとセオドアの間に重たい沈黙《ちんもく》が続く。クロエは苦労を重ねてもなお、優《やさ》しさを忘れない気丈《きじょう》な心を持った人だ。だからこそ余計にクロエが愛しく、また、大切なものを踏《ふ》み躙《にじ》られたような後悔と遺恨《いこん》が拭《ぬぐ》えなかった。

セオドアは顔をあげる。そして疲《つか》れを覗《のぞ》かせる老執事《しつじ》を見据《みす》えた。

「過去は変えられずとも、未来は変えられる。クロエの耐《た》え忍《しの》んだ日々が報《むく》われるよう、私たちはこれからいくらでも方法がある」

サイモンは打たれたように目を見開き、「ええ」と柔《やわ》らかく笑《え》んだ。

「ストレリツィには相応の後悔をしてもらいましょう。取り返しのつかないほどに」

「……ああ」

セオドアはドレスに触《ふ》れていた手のひらを見つめ、ぎゅっと拳《こぶし》を握《にぎ》る。

その顔は、クロエにも子どもたちにも見せない表情だった。


「今日はマリアロゼが先生を案内するの！　月に一度の市場の日なんだよ！」

よく晴れた日、マリアロゼの要望で城を下り、市街地に足を伸ばすことになった。馬車の中、私の隣はマリアロゼ。そしてセオドア様の隣はルカ。

私はその顔ぶれにほのぼのとした気持ちになる。

「……でも、私が入って良いのでしょうか？　せっかくの家族旅行なのに」

「僕たち家族で、クロエ先生をご案内するという形です。……だから、そんな申し訳なさそうな顔をしないでください」

少し唇《くちびる》を尖《とが》らせたルカが、窓の外を見ながらつぶやく。言葉こそ冷たいものの、図書館の日を境に彼の態度は明らかに柔らかくなっていた。

「ありがとうルカ」

「……別に礼など言わなくてもいいですよ」

和《なご》やかな馬車の空気を、セオドア様も楽しんでいる様子だった。

「セオドア様。せっかくの休日を割《さ》いていただき、ありがとうございます」

私の言葉に、セオドア様は金の瞳《ひとみ》を細める。

「休日だからこそ、こうして一緒《いっしょ》にいるのだろう？　私も楽しみにしていたんだ」

セオドア様はいつもの厳《いか》めしい軍装を脱《ぬ》ぎ、普段着《ふだんぎ》の装《よそお》いだった。少し長く伸ばした髪《かみ》を緩《ゆる》く組紐《くみひも》で結び、横に流しているのがよく似合う。公《おおやけ》の装いばかりを見てきたせいで、なんだか雰囲気《ふんいき》が違《ちが》って緊張《きんちょう》してしまう。

「先生どうしたの？」

マリアロゼが顔色を窺《うかが》う。そしてハッとする。

「もしかして、お外に出て具合が悪くなったの？　気持ち悪い？」

「ち、違うわ。大丈夫《だいじょうぶ》よマリアロゼ」

私は慌《あわ》てて弁解する。

「その……セオドア様のお休みの日にお外に出るのが初めてだから、緊張しているだけよ。心配かけてごめんなさい」

「よかった～」

道の舗装《ほそう》が変わり、馬車ががたんと揺《ゆ》れる。広場に入り、わっと賑《にぎ》やかな人混《ひとご》みの喧噪《けんそう》が聞こえてきた。

「ついたよ！　見て、クロエ先生！　あの時計台、鳩《はと》がとっても多いの！　そしてね、あっちのお菓子《かし》のお店はママと一緒に行ったことがあって――」

話題が変わったことにほっとしながら、私はマリアロゼの話に耳を傾《かたむ》ける。

馬車は広場で停車した。正方形の石畳《いしだたみ》の広場には、さまざまなテントが張り巡らされ、露店《ろてん》が所狭《ところせま》しと並んでいた。広場に面した色とりどりのアパートメントに負けない、鮮《あざ》やかな商品が溢《あふ》れている。

「わー見てみて！　くまさんがいるよ！」

「ちょっ……おいマリアロゼ、飛び出すな！　手を繋《つな》げ！」

ルカは人混みに飛び出していこうとするマリアロゼを慌てて捕《つか》まえる。手を繋がれたマリアロゼはルカと一緒に、護衛とナニーメイドを連れてあちこち好き放題に駆《か》け回る。ついていく人々が大変そうだ。

「大丈夫でしょうか、マリアロゼ」

「あの子はなんだかんだ私たちから離《はな》れたりしないよ。ところでクロエは、何か見たいものがあったのではないか？」

「はい。可愛《かわい》い布やリボンを買って、マリアロゼのお人形の着せ替《か》えの服を作ってあげたいなって」

マリアロゼはご両親からプレゼントされた白黒のうさぎのぬいぐるみと、セオドア様がプレゼントした猫《ねこ》のぬいぐるみをとても大切にしている。ぬいぐるみをゲストに模したティーパーティーごっこを楽しんでくれているので、ぬいぐるみの夜会服や普段着を作ってあげようと思ったのだ。

「人形の服を作る、か……。難しいのではないか？」

「実は私、好きなんです。養護院にも布のハギレで作ったぬいぐるみを寄贈《きぞう》していましたし……。元夫やお姑《しゅうとめ》さん、お舅《しゅうと》さんが頻繁《ひんぱん》に服を作るように言っていたので、ハギレはたくさんあったのですよ」

私の言葉に、セオドア様の顔が険しくなる。セオドア様は私の過去の話を聞くと、いつも悲しそうな顔になる。楽しいお出かけの日にうっかり口を滑《すべ》らせてしまい、私は口を手で覆《おお》った。

「失礼いたしました。嫌《いや》なお話でしたね」

「いや。私は構わないよ。……思い出話として話すことで癒《い》えることも多い。こちらに遠《えん》慮《りょ》せず、君が話したい話を、気兼《きが》ねなく聞かせて欲しい」

「ありがとうございます……でも大丈夫です、終わった話です」

私は明るく笑顔を作って見せた。

「では早速《さっそく》一緒に行こうか」

「えっ……あ、あの、二人で、ですか？」

てしまった。

「二人で行こう。私が案内したいんだ、クロエを」

護衛が付かず離れずの距離《きょり》にいるものの、マリアロゼとルカは従者を連れて早々に去ってしまった。

さっと肘《ひじ》をささやかに差し出され、私の胸は高鳴る。

「これは……」

ためらう私にセオドア様は「どうだろうか」と言いたげな様子で顔を傾けてみせる。

「あの……よろしいのですか？　領民の方々も見ていますのに」

「賓客《ひんかく》である侯爵令嬢《こうしやくれいじよう》をエスコートすることは、何もおかしいことではないさ」

「そ、そうですね……」

貴族の育ちではあるものの、私はこういう扱《あつか》いを受けるのに慣れていない。慣れていなくとも貴族令嬢として扱っていただけたのなら応《こた》えよう。私は背筋を伸《の》ばし、セオドア様の肘に手を添《そ》える。セオドア様が少し嬉《うれ》しそうに微笑《ほほえ》んだのは、気のせいだろうか。

私たちはそのまま、市場の中に入っていった。

市場は、まるでひっくり返した宝箱のようだった。ヘイエルダール領のあちこちから寄せられた民芸品が、賑やかに鮮やかに並べられている。

木彫《きぼ》りの意匠《いしよう》が美しい日用品。花柄《はながら》の厚ぼったいお皿。木片《もくへん》を組み合わせて作った人形に、見事な生地《きじ》、刺繍《ししゆう》、花、作物に軽食まで。

両親が昔、幼い私と兄を連れ、マクルージュのお祭りに参加していた時のことを思い出す。領民の人々の笑顔と活気に、私も胸がどきどきする。

一通り眺《なが》めたところで、セオドア様は広場の角に向かった。

「あそこのカフェのテラス席で休まないか？　日陰《ひかげ》になる場所だから涼《すず》むにはちょうどいいと思う」

「ありがとうございます、では……」

疲《つか》れる前に配慮《はいりょ》してくださったのだ。私は胸があたたかな気持ちになる。先に予約をしてくれていたのだろう、店員は流れるような手際《てぎわ》で、腰《こし》を下ろした私の席に木綿《もめん》のパラソルをさし、冷えたお茶を用意してくれた。喉《のど》を潤《うるお》しておいしさにため息をつくと、セオドア様が私を見て微笑んでいた。

「お気遣《きづか》いさせて申し訳ありません」

「君が楽しんでくれることが一番だからな。疲れはどうだ？　もちろん、このまま君を帰すこともできるが……」

気遣うセオドア様に、私は首を横に振《ふ》る。

「問題ありません。むしろ元気なくらいで……この市場の熱気に、活力をいただいているのでしょうか」

私は目を市場へと向ける。マリアロゼとルカは楽しそうに過ごしていて、見ていて幸せな気持ちになる。

言葉を交《か》わさずにこうしてただゆっくりとしているだけで、居心地《いごこち》のよい空気が流れていく。

通りすがりの領民たちも私的な時間のセオドア様には声をかけないようにしているのだろう。皆《みな》セオドア様に気づくと一礼だけをして、それ以上声をかけられることはなかった。

あちこちから賑やかな声が響《ひび》く街の様子に、セオドア様に対する静かな敬愛。私は胸があたたかくなるのを感じた。

「セオドア様は、ご領主として敬愛されていらっしゃるのですね」

私の言葉に、セオドア様は首を傾《かし》げて問いかける。

「どうしてそう思う？」

「皆さん気持ちに余裕《よゆう》がおありで、領地の仕組みを信頼《しんらい》していらっしゃるのだな、と……。セオドア様を見て訴《うった》え出る人もいませんし、顔色を窺《うかが》うこともなく、ごく自然にセオドア様にお辞儀《じぎ》をするだけでそれ以上は干渉《かんしょう》して来る人はいないですし」

「……父を亡《な》くして若くして領主になった私は、信頼を勝ち得なければいけなかったからな」

「……隣国《りんごく》との争いで領民の皆さんも辛《つら》いご苦労をされていたでしょうに、こんなに笑顔《えがお》で明るくて、たくさんの商品を並べて活気に満ちて……セオドア様が、守ってこられたのですね。この領地の持つ力と、笑顔を」

私は微笑むと、再び人々の往来へと目を向けた。物珍《ものめずら》しい道具を持った集団が目に入り、私はセオドア様を見て尋《たず》ねた。

「セオドア様、あちらの方々は何をなさるご職業でしょうか？」

視線を向けると、セオドア様が口元を手で覆っていた。頬《ほお》が赤い。私は何か悪いことを言ってしまったのかもしれないと、焦《あせ》る。

「あの、私何か変なことを……」

「……いや、変なのは私の方だ。気にしないでくれ」

「でも……」

だんだん不安になってくる私に、セオドア様はお茶を一口飲んで咳払《せきばら》いする。セオドア様はばつの悪そうな顔で、私を見て苦笑いした。

「すまない。君に褒《ほ》められて……感極《きわ》まってしまっただけだ。君は何も悪くない」

「申し訳ありません。上から物を言うような言い方……でしたね」

「そんなことはない。嬉しかったんだ。……私は当たり前の責任をこなし続けてきただけで、領主としてまだまだだと思っている。けれど……クロエに言葉にして褒められると、こんなにも嬉しいとは思わず」

セオドア様ははにかみながら肩《かた》をすくめてみせた。胸がどきんと痛くなる。見とれている間に、セオドア様は立ち上がった。

「先ほど気にしていたのは楽団だ。これから歌を披露《ひろう》するから、観に行こうか」

「……はい」

私はセオドア様にエスコートされるままに、お店をでて、市場のほうへと向かう。

さっきと同じように並んで歩くだけなのに、なんだか触《ふ》れる肘を意識してしまう。

「クロエ？　具合が悪いのか？」

「いいえ。考え事をしていただけです」

笑顔でごまかしながら、私は二人で過ごすひとときを楽しんだ。


その後、私たちはマリアロゼとルカと合流し、広場のすぐそばにある迎賓館《げいひんかん》に案内された。ヘイエルダールを訪《おとず》れる王侯《おうこう》貴族や高官の昼食会に使われる場所らしい。

二階の見晴らしの良い食堂でいただく料理は、チキンのハーブソテーに透《す》き通った野菜のスープとサラダ、パンといった品だった。小さなマリアロゼにも食べやすいように、彼女の料理は可愛《かわい》らしい一枚のお皿に少しずつ盛り合わせたものが用意された。花が飾《かざ》り付けられた特別ランチを、嬉しそうにマリアロゼは平らげる。

シェフが私に説明してくれた。

「迎賓館でお出しする料理はヘイエルダール特産の蜂蜜《はちみつ》をふんだんに使っております。食後のデザートはもちろん、そちらのハーブソテーのソースも、蜂蜜で照りと甘みを出しております」

「こちらに来て初めていただいたのだけれど、美味《おい》しいわ」

少し前の私なら、胃が弱っていて肉はちっとも食べられなかった。けれど、今では美味しく味わって食べられるのが嬉しい。もちろん料理そのものも、私に合わせて食べやすく調理されているのが感じられた。

私の言葉に、彼は嬉しそうに辞儀《じぎ》をする。

「かのマクルージュ侯爵ご夫妻のご令嬢にお褒めのお言葉を賜《たまわ》り、感激です」

「私の両親をご存じなのね」

「ヘイエルダールの民《たみ》でマクルージュ侯爵家の家名を知らぬ者はおりません。ヘイエルダールでは他《ほか》の王国領との関《かか》わりは薄《うす》いのですが、マクルージュ侯爵家だけはずっと良き交流を続けて来ている、大切な隣人と感じている人々が多いです」

「ありがとう。……両親もその言葉に喜ぶでしょう」

亡き両親がまだこの土地で生き続けているようで、私は胸が温かくなる。そして同時に、セオドア様への感謝の気持ちでいっぱいになった。

五年前に領地がストレリツィのものとなり、マクルージュとの関係も断たれていたはずだ。それなのに今でも覚えていてもらえているのは確実に、セオドア様が何かにつけて、マクルージュとの関係を領民たちに伝え続けてくれているおかげなのだ。

「ありがとうございます、セオドア様。……楽しかったです」

美味しく満たされた食事の後、帰りの馬車で私はセオドア様に感謝を伝えた。

午睡《ごすい》の時間になり、マリアロゼはうとうとと私の膝《ひざ》で眠《ねむ》っている。ルカも疲れたのか、馬車の窓にもたれてぐっすりだ。おてんばなマリアロゼに付き合うと、ルカも疲れるのだろう。

「クロエも疲れただろう。楽しかったのでつい想定よりも長く出歩かせてしまった」

「いいえ。私は全く疲れていません。……こんなに楽しくて、午後になっても体の調子がいいなんて久しぶりです」

あたたかな午後の日差しに包まれた馬車の中は、幸せに満ちている。

「少し前までの生活が嘘《うそ》みたい。……こんな風に、一日中やさしい気持ちで過ごせるなんて」

マリアロゼの額を撫《な》でると、ふかふかの頬が緩《ゆる》む。無防備に身を寄せられる重みと熱が、なんて心地《ここち》よいのだろうと思う。

「それは私もだよ、クロエ」

セオドア様は私を見て微笑《ほほえ》み、窓の外へと目を向ける。

街のほとんどは復興されているけれど、少し郊外《こうがい》に出ると、今でも崩《くず》れた石垣《いしがき》や不自然に原っぱになった場所が目立つ。それが激しい戦いの跡《あと》だというのは、無知な私でも察せられた。

「クロエ。君は私の努力を褒めてくれたけれど、私が心を折らず踏《ふ》みとどまれたのは君のおかげなんだ」

「私の……ですか」

セオドア様は遠い目をしたまま、少し悲しげに微笑む。

「隣国との衝突《しょうとつ》が始まり……マクルージュに通えなくなった頃《ころ》から、私は凍《い》てつく吹雪《ふぶき》に晒《さら》され続けるような日々を過ごしていた。日を追うごとに希望が潰《つい》え、望みを失い、たくさんの大切なものを失った。代わりに責任が重たく私の肩にのしかかった。潰《つぶ》れてしまえと……世界の全《すべ》てから望まれているような気持ちになる夜もあった。そんなとき、君とノエルと三人で過ごした温かな日々の記憶《きおく》が、私をずっと癒《いや》し続けてくれた」

「セオドア様……」

「また三人で、楽しく笑いあえる日々を迎《むか》えるため、私は……辺境伯として、今日この日まで立ってこられた。ありがとう、クロエ」

それに、とセオドア様は続ける。

「君にいつか、この故郷《こ　の　土　地》へイエルダールを見せたいと思っていた。……君が白い結婚《けっこん》の日々で傷ついた後、ヘイエルダールが君の慰《なぐさ》めになればいいと思って……だから、夢が一つ叶《かな》って私は嬉《うれ》しいよ」

「ありがとうございます」

「もっと、君が穏《おだ》やかに過ごせるようにしたいんだ」

──もっと、とは？

尋《たず》ねようとして私は息を呑《の》む。

思い詰《つ》めたまなざしで、セオドア様が私を見つめていたからだ。

「ねえクロエ。私は黙《だま》っていたことがある」

「……なにを、でしょうか」

何を告白されるのだろうかと緊張《きんちょう》しながら、私はセオドア様の言葉を待つ。低い声で、彼は静かに続けた。

「君が嫁《とつ》いだあの土砂降《どしゃぶ》りの日。私はあの場所にいたんだ」

「……っ……」

忘れもしない、地獄《じごく》の日々が始まったあの日。

マクルージュ領を離《はな》れるのが名残惜《なごりお》しく、窓の外を見つめていた私は、雨の中確かに、私の馬車を見送る人影《ひとかげ》を見つけていた。

「あれは……あの、丘《おか》の上から馬車を見下ろしていたのは……セオドア様だったのですか……？」

当時は、領民の人だと思ったけれど。

「気づいてくれていたんだね」

セオドア様が唇《くちびる》の端《はし》で笑う。そして「若かったんだ」と自嘲《じちょう》するように呟《つぶや》いた。俯《うつむ》くと目元に影《かげ》が落ちる。表情がよく見えなくなるが、

「あの時、君を攫《さら》ってしまえやしないかと思って内密にマクルージュ侯爵《こうしやく》領に向かっていたんだ。頭に血が上っていた。本気で攫えたらと思っていたんだ」

「……そんなことが……」

「君を不幸にするとわかっているディエゴ・ストレリツィのもとに着く前に君を、無理にでも領地まで連れ去ってしまいたかった。私は当時隣国《りんごく》と政略結婚が決まっていたが、それでも……なんとか助けたいと、思ってしまったんだ」

けれど、とセオドア様は言葉を切る。

「……粛々《しゆくしゆく》と雨の中向かう馬車に乗る君の横顔を見て目が覚めたんだ。君の覚悟《かくご》を、私の愚《おろ》かな思いで壊《こわ》してはならない、と」

「セオドア様……」

「あの時、駆《か》け出して君を攫《さら》いたかった。けれど……あの時の私は、君を見送る以上のことができなかった。全てを捨てても君を守れる力がなかった」

膝に置かれたセオドア様の拳《こぶし》が、血管が浮《う》くほど握《にぎ》り締《し》められている。あの日の悔《くや》しさをそのまま思い出しているようだった。

「クロエ」

「……はい」

「私は当時の後悔《こうかい》を引きずっていた。だからこそ、この土地で君にやすらぎを感じて欲しかった。その一心で領主として働いてきた。だから君に褒《ほ》められて……幸せだと言ってもらえて……私は……全てが報《むく》われる思いがしたよ」

強い眼差《まなざ》しを緩め、セオドア様はふっと解けるような微笑みを浮かべた。辺境伯《へんきょうはく》領主としての顔ではなく、一人の必死に生きてきた男性の顔だと思った。

「……これまで、お互《たが》い頑張《がんば》りましたね」

私は精一杯《せいいっぱい》の気持ちを口にした。

「私だけでなく、セオドア様も……これからは安らげる時間が、増えることを願います。その為《ため》にできることがあれば、なんでも力になりますね」

口にしたと同時に、私は我《われ》に返る。離縁《りえん》されたばかりの私が、辺境伯領主のこの人に、できることなんて。恥《は》ずかしさに頰《ほお》が熱くなり、私は急いで言葉を付け足す。

「差し出がましかったですね。……いまも御厄介《ごやっかい》になっている立場なのに」

「そんなことはないよ」

セオドア様は眉《まゆ》を下げ優《やさ》しく否定した。

「やっぱり君に会えてよかった」

その笑顔《えがお》に、今まで知らなかった感情で胸がぎゅっと苦しくなる。なんだろう、と思ったところでがたん、と馬車が石橋で揺《ゆ》れる。

「ん……ついたあ？」

マリアロゼが寝《ね》ぼけた声を出す。私ははっと我に返った。

「もう少しで着くわ。そろそろ起きていてもいいかもね」

「うん……」

マリアロゼの声でルカも目を覚ます。私とセオドア様の会話は自然とそこで幕切れとなった。


夕食後。

湯浴《ゆあ》みをしたセオドアは、寝室脇《しんしつわき》の執務《しつむ》室にて書類に目を通していた。

しかし今日はどうにも集中できない。クロエの優しい言葉と眼差しが頭から離れない。まっすぐに褒められて嬉しかった心地が、自分でも驚《おどろ》くほど余韻《よいん》として残っていた。

サイモンがやってくる。彼は表情を変えずに一礼し、書類を執務机へと置いた。

「マクルージュ領の相続手続きの一切《いっさい》は、セオドア様、ノエル様のご希望通りに進行しています」

「元夫の動向は？」

「まだ動きはないようです。ただクロエお嬢様《じょうさま》不在の家政が崩壊《ほうかい》するのは目に見えております。ディエゴ本人、もしくは親類が処理をするうちに気づくのは時間の問題かと」

執務机で手を組み、セオドアはじっと話を聞く。

クロエの笑顔に浮かれていた感情が、ディエゴ・ストレリツィへの暗い感情で塗《ぬ》り替《か》えられていく。置かれた書類には、セオドアとノエル、サイモンの狙《ねら》い通りに計画が進んでいることが記されていた。

「セオドア様。私は一度、手続きのためストレリツィ侯爵領、続いて王都へと向かいます。順調に進めば期間は一ヶ月ほどかと」

「わかった。クロエは私に任せて欲しい」

「……この件について、クロエお嬢様にはいつ打ち明けるおつもりですか」

「悩《なや》んでいる。本当は彼女には何も知らせず、楽しんでいて欲しいのだが……あの男との関係は全て忘れ、うちうちにこちらで処理して終わらせたいのが本音だ」

「……お気持ちは分かりますが、それは難しいでしょう」

「分かっている。だができる限りこちらで、な」

「承知いたしました」

セオドアは執務机に肘《ひじ》をつき、手を組んで額を寄せた。

クロエ——彼女は気丈《きじょう》な女性だ。

セオドアも知っている。彼女が五年間どれだけ立派に女主人として、マクルージュ侯爵領の領地管理者として手腕《しゅわん》を振《ふ》るってきたのかを。けれどもう堅苦《かたくる》しいものは忘れ、柔《やわ》らかく幸せに、不自由なく過ごして欲しいと願ってしまう。

沈黙《ちんもく》したセオドアに、サイモンが言葉をかける。

「そこまで庇護《ひご》なさりたいのに、ご婚約《こんやく》をまだ申し出ないのですね」

「今は言うつもりはないよ」

セオドアの勢いに、サイモンが「おや」と意外そうに目を丸くする。

「今の私が言えば、きっと彼女は頷《うなず》かなければと思ってしまう。世話をしてもらった礼として、家柄《いえがら》の縁《えん》として、幼馴染《おさななじみ》だからと。……それでは彼女の意思が足りない」

セオドアは自分に言い聞かせるように続ける。

「……私は仮に彼女が、ここから離れたいと願っても笑顔で送るこころづもりだ。今の私にできることは、彼女を苦しませるものを一つ残らず排除《はいじょ》することだ……」

「……」

「彼女に早く落ち着いてほしいのだろう？」

「老い先短い爺《じい》の心としては、そうですね」

「まだるっこしいと思うかもしれないが、許してくれ」

「とんでもないです。私が差し出がましいことを申し上げました。領主様が潔癖《けっぺき》なまでに誠実な方だからこそ、ノエル様もご信頼《しんらい》なさっているのですから」

　サイモンが片眉をあげて微笑《ほほえ》んだ。

　セオドアは気を取り直して立ち上がり、窓の外を見つめた。

「とにかく今は……我々でできることをやろう」

　蜂蜜《はちみつ》色をした満月——蜂蜜姫《ひめ》の故郷と言われる月が、空で美しく輝《かがや》いていた。

幕間　元夫の屋敷にて

家督《かとく》を継《つ》いだ弟、ディエゴ・ストレリツィ侯爵《こうしゃく》の屋敷に立ち寄った姉キャシーは、実家に帰って早々、使用人たちの様子に違和感《いわかん》を覚えた。客人の馬車を迎《むか》え入れるにあたって動きがもたもたとしているのだ。庭に目を向けると庭師はやる気がない様子でこっそり煙草《たばこ》をふかしているし、屋敷を見上げれば、窓も薄汚《うすよご》れているように感じられた。カーテンも季節のものに変えられていない。

「クロエが病気にでもなったのかしら。ここまで使用人がさぼっているのは初めてよ……」

しかも客人であるキャシーを出迎《でむか》えたのは、陰気《いんき》な顔をした少女だった。黒髪《くろかみ》に茶色の瞳《ひとみ》の彼女は、見覚えがある。

「……あなた、オーエンナの娘《むすめ》のアン？　どうしてあなたが本邸《ほんてい》にいるの？」

愛人の娘が客を出迎えるなど、信じがたい。彼女はボソボソと答える。

「クロエ様と離縁なさったので、今は私も母も本邸に時々……」

「なんですって、聞いていないわ。クロエはどこにいったの？」

「もうすでに、従者のサイモン様と一緒《いっしょ》に屋敷を出ていきました」

「あの弟ったら！　ひとつも相談なしに離縁だなんて！」

キャシーは声を張り上げる。

「誰《だれ》か！　誰かいないの!?」

キャシーの声に、屋敷の執事《しつじ》がやってくる。見るからに不慣れそうな若い執事だった。

「お嬢様、おかえりなさいませ」

「お嬢様じゃないわよ、今はドリス侯爵夫人よ。そんなこともわからないなんて……この家は一体どうなっているの」

「え、ええと」

「とにかく状況《じょうきょう》を聞かせてちょうだい。お茶もよ」

「は、はい」

キャシーは談話室に彼を引っ張り込み、事の顚末《てんまつ》を問いただす。あたふたしながら説明した彼の話で、キャシーはようやく状況を呑《の》み込めた。

「……つまり、あの馬鹿《ばか》ディエゴが幼妻を追い出した。そしてオーエンナが本妻になる予定ってわけね」

「は、はあ……」

「で、オーエンナが女主人の仕事を全くできないから、あなたが代わりに全部やっているのね」

「左様でございます」

こくこくと小刻みに、執事は首肯《しゅこう》した。

キャシーはメイドが出してきたレモン水を呷《あお》り、深いため息をついた。

「ったく、どうかしてるわよ……五年の白い結婚の話があっても、てっきりそのまま、あの女を嫁《よめ》にし続けるんだと思っていたわ」

「そ、そうなんですか？」

若い執事が目を瞬《またた》かせる。あからさまに無知を恥《は》じずに曝《さら》け出す態度すら、キャシーの癇《かん》に障《さわ》る。

「白い結婚でいずれ離縁《りえん》するような女に、いちいち家政や所領の管理や女主人としての仕事なんてやらせるわけないじゃない、普通《ふつう》。離縁した後は他人になるのよ？　教育してやる義理もないし、領地の情報を握《にぎ》らせるのも不用心よ」

「た、確かに……」

「だから離縁するつもりはないと思っていたのに、まったく……」

キャシーはふと嫌《いや》な予感をおぼえた。それは嫁ぎ先で侯爵夫人として家政を取り仕切るキャシーだからこそ発揮した勘《かん》だった。

「ねえ、あなた。……財産分与《ぶんよ》についてはどうなったの？」

「は、はい」

執事は慌《あわ》てて手元の書類をめくる。

「あのね、確認《かくにん》せずともスラスラ言えるようになりなさいよ」

「申し訳ございません……あっ、あのっ、元奥様は最低限の私物と幾《いく》ばくかの慰謝料《いしゃりょう》だけを渡《わた》されているようです。マクルージュ侯爵家の財産も土地も全部ストレリツィ侯爵家のものになっていますね」

「……私にも見せて」

キャシーは書類に目を通す。執事の言葉に間違《まちが》いはない。

「なるほど。……決まりを厳守して白い結婚で離縁した場合は、マクルージュ侯爵家の領地と財産の一切《いっさい》をストレリツィ家に譲渡《じょうと》する約束なのね。うちとマクルージュは長年関係がよくなかったし……不仲の侯爵家に正式に嫁がせるくらいなら、爵位と財産を捨ててでも白い結婚で離縁させたかったのね。それは理解できるわ」

「で、ですです」

キャシーはジロリ、と彼を見た。

「ひっ」

「クロエはどこかに行ったのよね？」

「はい。離婚が決まり次第《しだい》、すぐに出立なさいました」

「行き先は？　当然聞いているんでしょうね」

「…………」

「……聞いていないのね」

キャシーは考え込む。表面上は問題のない離縁だ。

けれど何か引っかかる。あまりに上手《うま》くできすぎている。

大人しく身一つで厄介払《やっかいばら》いされた元妻。子どもを作ることもなく、姑《しゅうとめ》と舅《しゅうと》の世話と介護《かいご》、女主人としての家政と領地管理を任され、必要なくなればさっさと相続と引き換《か》えに捨てられた憐《あわ》れな妻――本当に、そうなのだろうか？

「ねえ。この離婚《りこん》の手続きと財産分与、その他全《すべ》ての手続きは誰がやったの？　あなた？　それとも弟のディエゴ？　それとも今日は不在の家令？」

「は、はい。それは私でも旦那様《だんなさま》でも家令でもなく、元奥様と、その従者が全て取り仕切ったそうです。なんでも奥様の財務管理は実家マクルージュ家時代から、全て彼が行ってきたので手続きに慣れているということで……」

「……ねえ」

キャシーはしばらく考えたのち従者を見て、低い声で命令した。

「すぐにその書類を確認させなさい、私に」

「し、しかし……」

「できないっていうの？」

「恐《おそ》れながら……。キャシー様は今は既《すで》に嫁ぎ先の侯爵夫人でいらっしゃいますので、屋敷の資産にまつわる書類をお見せするわけにはまいりません」

「じゃあ誰なら見られるっていうのよ」

「ヒッ……！　旦那様がお戻《もど》りになってから、すぐに見られるように準備を進めておくことはできますが」

「じゃあ早くして。愚弟《ぐてい》に手紙を出すのよ。早く帰ってきなさい、とんでもないことになってるかもしれないわよって」

従者は一礼して逃《に》げるように部屋から去る。

「……嫌な予感がするわ」

キャシーはレモン水の入ったゴブレットを握りしめ、宙を睨《にら》んだ。

「相手がマクルージュ侯爵令嬢《れいじょう》だけなら、あんな弱気な子、怖《こわ》くはないわ。世間知らずのただの小娘《こむすめ》だもの。でもあの従者は……兄は……それを許すかしら……ううん……」

ノエルは宮廷魔術師《きゅうていまじゅつし》として目覚ましい活躍《かつやく》をしていると聞く。

サイモンという従者は元マクルージュ侯爵家の家令だ。いち夫人付き従者に位を落としてでも、彼はクロエの結婚についてきた。

何度か顔を合わせたときに見た、あの鋭《するど》い目を思い出す。

彼女を実の父親のように見守って支えていた、あの従者はどこに行ったのか。

本当に彼女が身一つで家を追い出されるのを、よしとしていたのか。

「絶対何かありそうなのよね……」

キャシーはふと、ゴブレットの表面が曇《くも》っているのに気づく。

元女主人、クロエがいた時代は部屋のどこもかしこも美しく整えられていて、グラス一つをとっても隙《すき》のない美しさを保っていたというのに。

部屋がノックされる。見ると、アンが申し訳なさそうな顔をしてこちらをドアの向こうから覗《のぞ》き込んでいる。

「あの……母を呼んでまいりましょうか……？」

「いいわ。悪いけどあなたの母親に何を聞いても、私が知りたいことはわからないだろうから」

「……承知いたしました」

アンは苦い顔をして、ぺこりとぎこちなく頭を下げた。

第二章　失った人生、取り戻せる未来

魔石。

それは鉄道、照明、その他あまねく機械を稼働《かどう》させるエネルギー源として、王国では欠かせない資源であり、魔石採掘《さいくつ》と研究は王国をあげた国家事業となっている。魔石は古来、魔術師が放出した魔力を蓄《たくわ》えた石と言われており、大規模な魔力行使地帯――いわば激戦地の山岳《さんがく》で産出されやすい。ヘイエルダールが大きな魔石鉱山を有するのも、その歴史が理由である。

今日は子どもたちと一緒《いっしょ》に、領内にある魔石鉱山視察に同行した。

行きの馬車は今回も子どもたちと一緒だ。私も子どもたちもみんな、動きやすい軍服に似た作業着を纏《まと》っている。男性のようなスラックスを穿《は》くのは初めてで、私も気持ちがわくわくしていた。

「楽しいな、楽しいな、クロエ先生と遠足！」

足をぱたぱたさせるマリアロゼに、ルカが注意する。

「浮《うわ》つくんじゃないぞ、安全な見学用の区画に行くとはいえ、鉱山は危険な場所なんだからな」

そう言っているルカも楽しそうだ。

先日、私の兄ノエルがルカのために受験用の本を数冊送ってくれた。兄が受験に使ったものではなく、送られてきたのはなんと、最新の書籍《しょせき》だった。私が兄への手紙に添《そ》えた、受験への思いを熱く綴《つづ》ったルカの手紙を、兄は大いに気に入ったらしい。「なにを書いたの？」と聞いても、教えてはくれなかったけれど、きっとよほど熱意のこもった内容だったのだろう。

「二人とも鉱山は初めて？」

「マリアロゼは初めて！」

「僕は何度か。……でも、魔石工学の受験勉強を始めてからは初めてです」

「それは楽しみね。私もどきどきするわ」

私たちの会話を聞いているセオドア様も、いつもより作業着に近い服を纏っている。楽しそうに、私たちを眺《なが》めていた。

ヘイエルダールには魔石鉱山へと続く魔石鉱専用の貨物線路がある。山の麓《ふもと》に向けて蛇《へび》のように長く細く続いていく単線を辿《たど》るように、馬車に揺《ゆ》られて半日。揺れ軽減の魔石を用いた特別製の馬車でなければお尻《しり》が痛くなってしまいそうな長時間の旅の末、山の麓にある魔石鉱へとたどり着いた。

遥《はる》か上を見上げると、山頂にはまだ雪が残っている。実家に暮らしていたころ、セオドア様のお父様から寄贈《きぞう》された雄大《ゆうだい》な山岳の風景画を思い出す。客間に飾《かざ》られていたそれを見ながら、いつかここにお嫁《よめ》にいくのだろうか……と、思っていたことも。

離縁《りえん》後、ストレリツィ侯爵《こうしやく》家から出て汽車に乗り込んだ時、私が見たのもこの山だった。あの時は過去の幸福な記憶《きおく》のように、遠くかすんでいた山が、今日は目前に堂々と聳《そび》え立っている。

言葉にできない感傷的な思いがあふれてきて、私はしばらく山を見上げて立ち尽《つ》くしていた。

「どうした？」

「……夢のようで。本当にヘイエルダールに来たのだなと感じていました」

まだ現実感がついてこなくて、時々、夢を見ているのではないかと思ってしまう。

「領主様。お待ちしておりました。こちらへ」

鉱山管理棟の煉瓦《れんが》造りの建物から、灰色の制服を着た男性がやってくる。我《われ》に返った私はマリアロゼと手を繋《つな》いで、セオドア様の後について建物へと入った。

見学室に向かうと、窓ガラス越《ご》しに稼働する採掘坑を見下ろすことができた。マリアロゼを抱《だ》き上げ、セオドア様は見学室から私たちに一つ一つの建物について説明をしてくれた。

「あの高い建物はホッパー。あそこで採掘した魔石を貯蔵し、隣接《りんせつ》した貨物線に載せる。山から飛び出した、高い塔《とう》のようなものは巻き上げ機だ。採掘した魔石をトロッコで搬《はん》出《しゅつ》したり、労働者を現場に送るために使う」

「みんなが持ってるぴかぴかしたのはなあに？」

「あの青く輝《かがや》くのはカンテラだ。坑道《こうどう》内の魔力を吸い半永久的に輝く便利な道具だよ」

「きらきらで素敵《すてき》！　みんながお星様をつけてお仕事してるみたい！」

「そうだよ。みんな、魔石鉱山の中で誇《ほこ》らしく輝くお星様なんだ」

セオドア様の腕の中で、マリアロゼは楽しそうだ。

私は採掘坑を見下ろす。揃《そろ》いの作業着を身に纏《まと》った作業員の人々が整然と働いている。腕章《わんしょう》の色と文字で、誰《だれ》がどこの担当者なのかも容易にわかるようになっていた。

「とてもよく整っていますね……」

「着目点がクロエらしいな」

「はい。私も父に倣《なら》い、マクルージュの鉱山の管理体制には気を配っていたつもりでしたが……ここまではとても整備できませんでした。みなさん明るく精力的に働かれているご様子で、良いですね」

「ああ。彼らの働きあってのヘイエルダールの繁栄《はんえい》だ。現場で安全に働ける環境《かんきょう》作りをするのは領主の役目であり当然の義務だ。私も不定期に足を運んでは状況《じょうきょう》を把握《はあく》するようにしているよ」

「……ストレリツィ侯爵家とは別世界のようです」

私がつい漏《も》らしたのは、あのやる気のない元夫のことだった。

「せっかくマクルージュ侯爵家から手に入れたというのに、元夫は魔石《ませき》鉱山の管理に全く興味を示しませんでした。関心は魔石鉱山の麓の街の収益ばかり。もちろん街が栄えることは大切ですが……経営者や管理者だけでなく、現場で働く方々の安全と健康と活気こそ肝要《かんよう》なのに」

セオドア様が黙《だま》って私をじっと見つめていた。視線を不思議に思い――私はハッと、喋《しゃべ》りすぎていたことに思い当たる。

真っ赤になっているであろう頰《ほお》を押さえ、私は身を縮ませた。

「も、申し訳ありません……なんという小賢《こざか》しい愚痴《ぐち》を……」

「懐《なつ》かしいな。君は昔……好きなことや夢中になっていることを、たくさん私に話して聞かせてくれていたね」

セオドア様がセオドアお兄さまの顔で微笑《ほほえ》む。そして慰《なぐさ》めるように肩《かた》を叩《たた》いてくれる。

「小賢しいなんて言わないよ。真摯《しんし》に鉱山管理に向き合ってきたんだね」

「……必死でした。父がいた頃《ころ》からの管理者の方々は継続《けいぞく》していたので大いに助けられましたが、それでも……うまくいっていたとは言えず」

「謙遜《けんそん》はいらないよ。目立った事故が起きていないのが何よりの成果さ。マクルージュ侯爵からの引き継《つ》ぎもないまま、君はよく頑張《がんば》ったね」

頑張ったね――そう言われると、もったいないような、嬉《うれ》しいような、不思議な心地《ここち》よさでふわふわする。

「……私のことよりも……そうです、あちらの」

話題を変えるように、私は坑道への昇降《しょうこう》機近くに高く聳え立つ煉瓦造りの構造物を指し示す。

「あの大きな機械は何ですか？」

一見煙突《えんとつ》のような形をしているけれど、煙《けむり》も出ていない。近くを通りかかる作業員の人々の服が靡《なび》くので、風が流れているようだけれど。

「やはり見慣れないものはすぐわかるんだね、君は」

私の質問に、セオドア様が待ち構えていたかのように説明を始める。

「坑内《こうない》の粉塵《ふんじん》を吸い上げる粉塵排出《はいしゅつ》装置だ。狭《せま》い空間で火花が引火し、爆発《ばくはつ》する鉱山事故を防ぐために導入した魔道具さ」

私は粉塵排出装置をじっと見る。何か……どこかで、似たような魔道具を作る計画を聞いたことがある。セオドア様は黙って私を見つめている。

しばらく考えた末——私は、一つの考えに至る。セオドア様の顔を見上げて言った。

「これは亡《な》き父が設置を計画していたものと同じものですね？」

幼い頃、父がいかに安全に魔石鉱を稼働《かどう》させるか考えた末、全自動で粉塵を掃除《そうじ》する魔道具を作れないかと計画していた。鉱山の掃除は命懸《いのちが》けだ。労働者一人一人の清掃能力に依存《いそん》せず、安定した管理を行き届かせることで事故は防げると、父は考えていた。

しかし隣国《りんごく》の侵攻《しんこう》による魔石確保のため、父の存命中は魔道具を自由に作れなかった。安全を願う父の思いは断《た》ち切られていたと思っていたけれど。

「やはり気づいてくれたな、クロエは」

セオドア様が笑顔《えがお》になった。

「マクルージュ侯爵と私の父、先代のヘイエルダール辺境伯は計画を共有していたんだ。マクルージュ侯爵は自分の土地では開発が認められない新規魔道具計画を、ヘイエルダールでできないかとね。隣国侵攻の最前線に位置する我が領地は、他領地より自由な魔道具開発が許可されている。父の逝去《せいきょ》と隣国侵攻の都合で開発はしばらく休止していたが、去年稼働に成功したんだ」

「そうなんですね……」

奇跡《きせき》を見るような思いで、私は粉塵排出装置を見つめた。長く鉱山で勤めると肺を悪くする労働者も多い。この空間ならば、彼らも長く健康に働くことができるだろう。

ふいに。先日図書館で感じた印象と、粉塵排出装置の話が頭の中で結びつく。

「あの……ヘイエルダールの図書館は、魔石工学の本がとても充実《じゅうじつ》しているとお見受けしました。最新の技術書さえ、よく読み込まれて頁《ページ》が膨《ふく》らんでいて……。もしかして」

「……君はそこにも気づいてくれたんだね」

胸がいっぱいになる。セオドア様は私を見て首肯《しゅこう》した。

「喜んでもらえて嬉しいよ、クロエ。マクルージュ侯爵には、ついに見せることができなかったから」

その時、ルカが遠慮《えんりょ》がちに口を挟《はさ》んできた。

「あ、あの……」

「どうしたの？」

困惑《こんわく》するような眼差《まなざ》しで、ルカは私に問いかけた。

「……クロエ先生、本当にただの領主夫人でいらっしゃったのですか……？」

「ええ、そうだけど……」

どういう意味だろう。首を傾《かし》げる私の隣《となり》でセオドア様が答えた。

「彼女は嫁《とつ》いで以来ずっと、マクルージュ侯爵領の領主代行を務めていた。鉱山についてはもちろん詳《くわ》しい」

「言い過ぎです、セオドア様。私はサイモンに頼《たよ》りきりでした」

「本当に頼りきりのご令嬢《れいじょう》なら、そもそもお父君の携《たずさ》わっていた計画なんて覚えていないさ」

「そうですよ！　今の話だって……びっくりしたんですよ」

私は思わぬ反応に驚《おどろ》き、頬に手を当てる。確かにこういう話を外で堂々とするのは初めてだったけれど。隣でセオドア様が頷《うなず》いて見せた。

「クロエ。そういうことだ。もっと自信を持っていいよ」

「なるほど、だからクロエ先生は……魔石鉱山の本もご存じで。……ノエル様が読んでいたのを知っていただけではなく、ご自身でも読まれていたのですね」

「学校に通うこともできなかったし、父に頼ることもできなかったから。サイモンに任せきりにするのも嫌《いや》だし、本は読める限りたくさん読んでいたの」

こんな風に驚きながら褒《ほ》めてもらえることなんて初めてで、私は恥《は》ずかしくなる。

「元の嫁ぎ先では嫌味ばかり言われていたから……嬉しいわ。ありがとう」

「嫌味って」

ルカが呆《あき》れた顔をする。

「話を聞く限り、明らかにあちらが管理を押し付けていたんじゃないですか」

「そういう家だったのだよ、ルカ。クロエが嫁いだのは」

セオドア様が低い声で言う。ルカは唇《くちびる》を噛《か》んだ。

「……ご苦労されたのですね」

「も、もう終わった話よ」

だんだん注目が恥ずかしくて耐《た》えられなくなってきた。私が話題を変えようと思ったところで――異変は起こった。

がちゃん。

大きな音が響《ひび》く。唐突《とうとつ》に、鉱山の全《すべ》ての機械が停止する。この場にいる付き添《そ》いの作業員とセオドア様が顔を見合わせた。

「あれ？」

「どうしたんでしょうか……」

そのとき、見学室にバタバタと騒々《そうぞう》しい足音を立てて作業員がやってきた。

「辺境伯！　た、大変です。作業員の子どもが……現場で迷子になっています！」

「なんだって⁉」

セオドア様が立ち上がり、報告の意味を理解するルカが青ざめる。

「親を追いかけていたずらで侵入《しんにゅう》した子どもが……見当たらないとのことです、今現場総出で捜索《そうさく》しているのですが……」

「すまないクロエ。子どもたちと一緒《いっしょ》にこの部屋で待機していてくれ」

言い残し、セオドア様は走って見学室を後にする。

――それから二時間が経過した。

長丁場になるからと、私たちは見学室から応接間に案内された。

気遣《きづか》いで出された軽食やお茶をいただきながら、ルカとマリアロゼ、私の三人はセオドア様の帰りを待った。

待っている間にお昼寝《ひるね》の時間になったマリアロゼは、ソファに寝そべり、私の膝枕《ひざまくら》ですやすやと眠《ねむ》っている。ルカはじれったそうに、部屋の隅《すみ》をぐるぐるとまわっている。

「……心配ね、ルカ」

私の言葉に、彼は難しい面《おも》持ちのまま頷いた。

「事故が起きてしまえば、宮廷《きゅうてい》の許可が下りるまで操業停止となります。宮廷の監査《かんさ》も入りますし、ヘイエルダールに莫大《ばくだい》な損失が……」

ルカは悔《くや》しそうに拳《こぶし》を握《にぎ》る。

「領主父様のお役に立てないのが悔しい。僕は……こんな時も、子どもとして守られることしかできないなんて」

「……気持ちはわかるわ……」

マリアロゼを撫《な》でながら、私も視線を床《ゆか》に落とす。領地の一大事に役に立てない歯痒《はがゆ》さなら、私も嫌というほど知っている。私も何かの役に立ちたい。このまま待つしかないのは嫌だ。

——もっと自信を持っていい。

セオドア様の言葉が過《よ》ぎり、私は顔をあげる。そして一度深呼吸をして、冷静になる。そうだ。私は五年間ずっと、サイモンの手を借りながら魔石《ませき》鉱山の管理をしていた。事故事例も、対応策も、マクルージュの鉱山の経験がある……考えれば、もしかしたら何か役に立てるかもしれない。

私はルカを見た。

「ルカ。お願い、あなたにしか相談できないことがあるの」

ぴた、と足を止め、ルカが私を振《ふ》り返る。

「兄があなたに渡《わた》した本、今日持ってきているわよね？」

「え、ええ。鞄《かばん》の中に。あとは馬車の中にも……」

「最新の知識と、ヘイエルダールについてのあなたの知識と、私の経験で……何かセオドア様の力になれることがあるかもしれないわ」

ルカは目を輝《かがや》かせ、強く頷いた。

「状況《じょうきょう》を把握《はあく》している職員も呼んできます。一緒に考えましょう！」

ルカが呼んできた職員の人々と共に、私たちはテーブルに鉱山の地図を広げて覗《のぞ》き込んだ。現場に入る門は封鎖《ふうさ》し、採掘《さいくつ》に関する機械は全て停止している。人海戦術で丹念《たんねん》に捜《さが》しているようだが、鉱山は広く、また子どもが隠《かく》れやすい物陰《ものかげ》も多く、なかなか見つけるのが困難だ。

まだ午前中だから良いものの、暗くなる前に見つけなければ。

「敷地《しきち》内にいるのは確実なのね？」

「はい。出ていった姿を見た者はいません。管理棟《とう》や従業員棟、事務棟といった、敷地内の建物は全て調べ尽《つ》くしましたが、そこにはいませんでした……建物は出入り口に監視《かんし》員がいるので、そもそも侵入している可能性は低くはあったのですが……」

「ということは……」

「一番、入ってほしくない場所にいる可能性が高いですね」

私たちの視線が、迷路《めいろ》のように入り組んだ、坑道《こうどう》の地図に向けられる。ヘイエルダールの魔石鉱は魔石層に沿って斜《なな》めに掘《ほ》り進む傾坑方式だ。山の奥深くまで採掘者を坑道に運ぶ昇降《しょうこう》機の先、山の魔石層の中に張り巡《めぐ》らされている坑道は、蟻《あり》の巣穴によく似ている。

「作業員の陰に隠れてこっそりに昇降機に乗り、奥に入ったのでしょう」

「やはり、一つ一つの坑道を調べるしかないのね……」

「今は現場で一つ一つの坑道を手分けして捜索しています。しかし坑道内は狭《せま》く暗いので、死角に子どもが隠れていたり、倒《たお》れていたら、もう……」

私は坑道の地図と、山の地質や構造についての説明書きを交互《こうご》に読んだ。二人で考え込んでも、やはりなかなか名案は浮《う》かばない。居合わせる人々にも諦《あきら》めのムードが漂《ただよ》ってきた。ルカが髪《かみ》をぐしゃりとかき乱す。

「クロエ先生。やはり僕たちには無理です。現場の方が思い付かないことなんて」

「……」

ルカの弱音を聞きながら私は考えた。

――マクルージュ、ヘイエルダール、どちらの鉱山にも共通している鉱山の常識。魔力が使えるルカという存在。全てを掛《か》け合わせてできることは必ずあるはず。

「……そうだわ」

私は閃《ひらめ》きを得た。六歳の頃《ころ》――セオドア様と兄と三人でかくれんぼをして、私が物置の中の、さらに魔道具がしまわれている場所に隠れていたとき。私は隠れ疲《つか》れて眠ってしまっていて、使用人も両親も総出で捜してくれたけれど、熟睡《じゅくすい》してしまった私を見つけられなかった。

その時、痺《しび》れを切らした兄が、魔力を使って私の居場所を見つけてくれたのだ。

「ねえルカ、あなた魔力はどれくらいあるの？」

「僕の魔力ですか？　魔術学校の入学要請書《ようせい》では銀クラスです」

「銀なら、第二位ね。それなら十分だわ。ルカ、坑道全体を魔石感知できる？」

私が思いついた魔石感知とは、魔石を持つ人を魔力で感知する魔術だ。主に、人混《ひとご》みで特定の相手と落ち合ったり、隠したものの目印にするために使われる魔術。

「坑道全体を感知って……意味はないでしょう？　迷子が魔石を持っているならともかく……」

あきれた声をあげるルカ。周りの人々もがっかりとした様子で肩《かた》をすくめ合っている。

「クロエ先生。そもそも坑道は魔石層を掘り進めている場所なので、どこもかしこもすべて魔石なんです。魔石感知をしたら、採掘坑全体を感知してしまうじゃないですか」

ルカの言葉に私は頷《うなず》いた。

「それを使うのよ」

「それ？」

「全体が魔石なのだから、ルカの魔力で坑内《こうない》全部の魔石を感知するの。……そしたら、魔石ではないものを影《かげ》のように浮かび上がらせることができるんじゃない？」

「……！」

ルカが目を見開く。

兄は私を見つける時、家中の魔石を感知し呼応させ、私の姿を浮かび上がらせて見つけてくれた。まだ魔力量が増大する前の、幼い兄でもできたのだから——第二位のルカなら、きっとできる。

「兄がやっていた方法は魔術書で言うなら、この本のこの魔術を応用して——」

私が説明を始めると、ルカが食《く》らいつくように身を乗り出す。周りの職員も顔を見合わせ、興奮が伝播《でんぱ》していく。私は職員の一人に声をかけた。

「この鉱山で採掘された魔石を貸してください。低クラスの原石で構いません。大きさも、手のひらくらいの大きさがあれば十分です」

「す、すぐお持ちします！」

一人の職員が機敏《きびん》に部屋を飛び出す。

入れ替《か》わりに石を持って訪《おとず》れたのは、セオドア様だった。ルカが叫《さけ》ぶ。

「領主父様！」

セオドア様は私とルカの顔を交互に見る。

「名案を思いついたのだろう。頼《たの》んだぞ」

セオドア様が魔石を差し出し、ルカが受け取った。光に透《す》けたところは、暗い紫色《むらさきいろ》に見える。アメジストの原石に似たそれは——ヘイエルダール産出の、最高級の原石だった。

「石を握って。ルカしかできないことよ」

「やってみます。……いいえ、やります」

セオドア様が作業員に命じ、坑道内を捜し回っていた人々を一か所に集めてくれる。影が見やすくなったところで、ルカは魔石を両手で包み込んだ。

「行きます……」

目の前に広げた地図を暗記するようにつぶさに見つめると、そのままぎゅっと瞳《ひとみ》を閉じる。

次第《しだい》に、握り込んだ魔石が淡《あわ》く紫の光を帯びる——魔石感知がはじまった。

「……くっ……！」

魔力を持つ才能と、実際に魔力を扱《あつか》う技量は別だ。まだほとんど訓練をしたことがないと、魔力はうまく扱えない。ルカが歯を食いしばり、魔石を握る。脂汗《あぶらあせ》が浮かぶ。

「見えてきた？」

ルカは首を横に振る。私は唇《くちびる》を嚙《か》んだ。私にできることは、何か。

苦しむルカの姿に幼い頃の兄が重なる。強い魔力を持つ人ほど、慣れるまで魔力の発動が難しい。兄はこういうとき、どうしていたか。

「……そうだわ」

私は魔力がほとんどない。けれど魔力の理屈《りくつ》はわかっている。溢《あふ》れる魔力に道筋を作ることなら、私でもできる。それに魔石鉱山内の構造についても知識を持っている。私とルカが力を合わせれば……！

「ルカ」

私はルカの手を上から握《にぎ》り、額を合わせて目を閉じる。

「クロエ、先生……？」

「額に集中して。坑道の地図と照らし合わせ、捜すのは私がやるわ。額を合わせながらあなたに見えているものが、私にも見えるから……」

「……ッ……！」

「ルカは魔石《ませき》感知だけに集中して」

「はい！」

ルカの魔力に迷いが消える。瞼《まぶた》の裏に、長く複雑な坑道の全体が浮かび上がる。

坑道は蟻の巣のように複雑に分かれ、山の深部まで続いている。

資材置き場も多く、人海戦術だけで子ども一人を捜すのは困難だ。

私は坑道から丹念に子どもの影を捜し、進捗を作業員へと伝えた。

「第一、第二坑には影はありません。これから第三坑を見ます……」

ルカが呻《うめ》く声が聞こえる。握りしめた手が、汗で滑《すべ》る。急がなければ。

「っつ……あ……」

「ルカ、あと、少し……よ……」

後は光の道の中、暗い影となった部分を捜すだけだ。人がいて、暗くなった場所に子どもはいる。もう少し。ルカと私、二人で力を合わせれば――。

その時、体から急に力が抜《ぬ》ける。魔力の使いすぎだ。くら、と意識が遠くなりそうなところで、大きな腕《うで》が包み込む。その胸の匂《にお》いと腕の固さ、セオドア様だ。続いて、私とルカの手を包むように小さな手が添《そ》えられる。マリアロゼだ。

「お兄さま、先生、がんばって！」

マリアロゼも起きて、応援《おうえん》してくれている。

二人の激励《げきれい》が伝わったようで、ルカの魔力も一層強くなる。

私はついにあやしい動きを見つけた。

「見つけました！　……資材置き場にしている古洞《ふるとう》が第三坑入って右手にありますよね。そこで小さな影が動いています！　重点的に調べてください！」

「わかりました！　伝えます！」

直ちに作業員が動く。捜索《そうさく》隊が坑道へと押し寄せていく影が見える。小さな影がついに、大人の腕の中に飛び込んでいったのが見えた。

「……終わった……」

私とルカは額を離《はな》し、顔を見合わせる。ルカも汗だくで憔悴《しょうすい》していた。

「領主父様、僕は……」

「休んでいろ、よくやった。……後は皆《みな》に任せなさい」

セオドア様は短くこう言い、ルカの肩を強く叩《たた》いた。その所作はどこか男性として、部下としてルカを認めたようなものに見えた。ルカが俯《うつむ》いている。涙声《なみだごえ》で、セオドア様に頭を下げた。

「はい……」

セオドア様は私を横抱《よこだ》きにしてソファに座らせると、髪《かみ》を撫《な》で、すぐに現場を見下ろせる見学室に向かう。私も様子を見守りたかったけれど、体が動かない。

それから半刻も経《た》たず、現場から救出の声が響《ひび》いた。

「おおおおおおおおッ！！！」

雄叫《おたけ》びの後に響き渡《わた》るのは、泣いて抱き合う親子の慟哭《どうこく》。人々は興奮した。

「信じられない、まさかこんな捜索ができるなんて！」

「魔石鉱そのものに魔力を反応させるとは……実用化したらとんでもないことになるぞ！」

皆の視線が私たちに集まった。盛大な拍手《はくしゅ》が、私とルカに捧《ささ》げられる。

マリアロゼもぎゅーっと抱きついてきた。

「すごいね、すごいねお兄さま！　クロエ先生！」

「ありがとう。あなたの励《はげ》ましも力になったわ」

「すごいね魔術師って。マリアロゼのパパとママも、こんなお仕事してるのね。ルカお兄さまもこんなことたくさんできるようになるのね」

マリアロゼは目を輝《かがや》かせ、感動した様子で口にする。私が頭を撫でると、幸せそうにし

てくれた――彼女にとって、遠くで働く両親への気持ちにつながったのならよかった。

セオドア様が私とルカに手を差し伸《の》べた。

「二人ともよくやった。疲《つか》れただろう、休憩《きゅうけい》室へ行こう」

「はい」

手をとって立ち上がった瞬間《しゅんかん》。体の重心がぐらり、と揺《ゆ》れる。

「クロエ……ッ！」

セオドア様がすぐさま受け止めてくれる。腕の中で、急に体が冷たくなり、血の気が引いていくのを感じた。

「魔力の使いすぎだ。……魔術師ではないのに、ここまで絞《しぼ》り出したから……」

「私は……大丈夫《だいじょうぶ》です。ルカに……それに、迷子になって疲れている子どもや親御《おやご》さんに……どうか……」

「クロエ！　……ッ、クロエ!!」

セオドア様の叫び声も、腕の頼もしさも、遠くなっていく。

私はそのまま意識を失った。


あれから三日。魔石鉱の一件は調査報告も終わり解決の運びとなった。

ずっと眠《ねむ》っていたので、私は結局なにもしていない。

少しは楽になったので、私は簡単に身支度《みじたく》をしてもらい、あてがわれている自室の窓辺で外を眺《なが》めていた。騎士《きし》団員が掛《か》け声を上げながら、広場を一列に走る姿をなんとなく目で追っていると後ろからメイドに声をかけられた。

「領主様がお越《こ》しです」

セオドア様が部屋に入ってくる。普段着《ふだんぎ》のシャツとトラウザーズ姿で、手には鮮《あざ》やかな花冠《はなかんむり》を携《たずさ》えていた。

「突然《とつぜん》お邪魔《じゃま》してしまったが……今、よかったかい？」

「はい、ちょうど退屈《たいくつ》していたんです。……それは？」

私の視線を受けた花冠を軽く掲《かか》げると、セオドア様は私の頭にそっと載せてくれた。ふわりと、可憐《かれん》な白い野薔薇《のばら》の香《かお》りも漂《ただよ》う。

「マリアロゼが作っていた。クロエがよくなるように、と」

「まあ……」

「受け取ってあげて欲しい」

「もちろんです。後でお礼を言いますね」

「ああ、喜ぶよ。座っても？」

私が頷《うなず》くと、セオドア様は向かいの椅子《いす》に腰《こし》を下ろす。いつも見上げる位置にあるセオドア様の顔が同じ高さに来ると、緊張《きんちょう》して顔がうまく見られない。私は窓の外を眺めるふりをしながら、当たり障《さわ》りのない話題を探した。

「あの、……魔石鉱の件について、私がすることってないのですか？」

そろそろ回復してきたから、私がしなければならないことはやりたい。そう申し出た私に、セオドア様は真顔で首を横に振《ふ》った。

「……今、外に出ると大変だ。興奮がしばらく落ち着いてからで十分だ」

「興奮、ですか？」

「マクルージュのご令嬢《れいじょう》が見事ルカを導いて事件解決したというので……鉱山関係者や学者らが話を聞きたいと訴《うった》えてうるさいんだ」

「それは……まあ」

セオドア様は前髪《まえがみ》をかきあげ、ため息をつく。

「まったく……どこから聞きつけたのか、別の鉱山所有の領主たちも連絡《れんらく》を寄越してきた。クロエ嬢はなにをやったのか、魔力がなくてもできるなら、是非《ぜひ》自分のところでも導入したい、教えてほしい、とな。……君が倒《たお》れているというのに……」

やれやれと、セオドア様はくたびれた様子で首を振る。

その仕草に、私はつい笑《え》みが溢《あふ》れた。

「ありがとうございます。守ってくださっていたんですね」

「当然だ。君は私の大切な客人で……幼馴染《おさななじみ》なのだから。ところで」

セオドア様は身を乗り出し、私の顔を覗《のぞ》き込んだ。

顔が近くなって、どきっとする。

「具合はどうだ？　今日は体を起こしていて大丈夫なのか」

「はい、もう元気です。ご心配おかけして申し訳ありません」

「本当か？」

「ええ、本当です」

「……そうか。確かに顔色は良いな。よかった」

その瞬間。

私はあの鉱山の日、抱き留められたことを思い出す。あの時、セオドア様の腕に包まれた感覚。ぶわっと、恥《は》ずかしくなる。

「……あ、あの」

「ん？」

「あまり近くで見ないでいただけると……その。私今、お化粧《けしょう》もほとんどしていないもので……」

セオドア様は私の態度にはっとして急いで距離《きょり》をとる。椅子まで少し離《はな》して咳払《せきばら》いした。

セオドア様も気恥《きは》ずかしいのか、顔をそむけた耳が赤い。

「すまない。気安くしすぎたようだ」

「いえ、……こちらこそ気を抜《ぬ》いた恰好《かっこう》で恐《おそ》れ入ります」

「何を言う。私が勝手に押しかけたのだから。そうだな、淑女《しゅくじょ》の部屋にいきなり来ては失礼だったな。本当に申し訳ない。距離感というものを……気を付けていた、つもりだったのだが……」

なんとなく、二人きりでぎこちない空気が流れる。いつものように子どもたちが間に入ってきたり、何か用事が挟《はさ》まれば空気も変わるのだけど。顔が熱くなって、セオドア様との距離を急に意識してしまって。どうすればいいのかわからない。

「ま、窓を開けますね。風があったほうがいいのかも」

私ははっと思い立ち、目の前の窓を開く。

風が流れる。木々のざわめきと遠い騎士たちの演習する声が聞こえてきた。どこからか、子どもの笑い声も聞こえる——マリアロゼはよく他《ほか》の臣下の同世代の子どもたちと遊んでいる。その笑い声なのだろう。

すがすがしい風に、私は目を細めた。

「……クロエは強いな」

セオドア様が独り言のようにつぶやく。

「強い、ですか……？　私がですか？」

「ああ。とても強い。……私も正直……守らなければ、守らなければと……侮《あなど》っていたと痛感した」

セオドア様は肩《かた》をすくめると、ためらいがちに私にたずねてきた。

「手に、触《ふ》れてもいいかい」

「……はい」

セオドア様は壊《こわ》れ物に触れるように、大切に私の左手に触れる。そして指先を見つめ、しみじみとした風につぶやいた。

「小さいな、君の手は」

セオドア様の鍛《きた》えた男性の手は大きくて骨ばっていて、並べると全く違《ちが》う。私の手はおもちゃのようだ。

「君が賢《かしこ》くて有能な人だと、わかっているつもりだった。けれど鉱山で見た君の姿はいつもよりずっと凛々《りり》しかった」

宝物のように私の手に触れたまま、金の瞳が優《やさ》しく、私を見上げて細くなる。

「君は本当に、血が滲《にじ》むような努力をしてきたんだね」

金の瞳《ひとみ》には空と私の姿が映っている。心からの敬意を感じるまなざしだった。

「……小さくてかわいらしいばかりのクロエでは、もうないのだな」

私を見つめながら、同時に幼いころの私も思い出しているような遠い目で、セオドア様はつぶやく。さみしいような、懐《なつ》かしんでいるような、聞いているこちらも胸がきゅっと切なくなるような声で。

「クロエ」

詩を紡《つむ》ぐように、セオドア様は私の名を呼ぶ。

「……私は幸せだ。君をこうして、また知ることができて。許されるなら、もっと……君と過ごせる日々が続くといいなと思ってしまう」

「セオドア様……」

「私がそんなことを言っては困らせてしまうな。すまない。そろそろ部屋を出るよ」

「あっ……」

立ち上がったセオドア様を引き留めたくて、つい私は袖《そで》の端《はし》をつかんでしまう。

驚《おどろ》いた顔でセオドア様が立ち止まる。

引き留めたところで、私は頭が真っ白になる。伝えたいことはたくさんあるのに言葉にならない。見つめ合ったまま時間が過ぎる。

顔が熱くて、胸が詰《つ》まって、まるで永遠みたいだ。

セオドア様はゆっくり待ってくれている。

私は言葉を紡いだ。

「セオドア様のお言葉、嬉《うれ》しいです。……再会のとき、以前の私とは変わってしまって、それでがっかりさせてしまってはいないだろうか、不安だったので」

「クロエ……そんなことを気にしていたのか」

「それに私は強いのではありません。……もし私を強いと感じられたのであれば、ヘイエルダールの皆《みな》さんのおかげです。強くありたいと、できることを返したいと思うので」

セオドア様はしばらく黙《もく》したのち、袖を摘《つ》まんだ私の手をとると、うやうやしく紳士《しんし》の口づけを手の甲《こう》にした。触れる感触《かんしょく》にどきっとする。前髪の間から上目遣《うわめづか》いでこちらを見て、セオドア様は微笑《ほほえ》んだ。

「……礼を言うのは私のほうだ。幸せだよ、クロエ」

「セオドア様……」

開けた窓からそよぐ風が、かさかさと心地《ここち》よい音を立ててカーテンを揺《ゆ》らす。透《す》き通った午前の光が、セオドア様の銀髪《ぎんぱつ》に淡《あわ》い七色を浮《う》かべている。瞬《まば》きで、セオドア様の長い睫毛《まつげ》が揺れる。

「長居したな。ではまた、クロエ」

セオドア様はそう言い残し、颯爽《さっそう》と部屋を後にしていった。

私はしばらく、手に残ったセオドア様の熱の余韻《よいん》に、痺《しび》れるように惚《ほう》けていた。

魔石《ませき》鉱山の事件から一週間後。

私はルカと一緒《いっしょ》に、図書館の裏手にあるテラス席にいた。

学校がない日は彼は図書館内で自習をしていて、休憩《きゅうけい》はテラス席で取っている。私が彼と話すときは、大抵《たいてい》ここだった。

メイドが気を利《き》かせて用意をしてくれたケーキセットを前に、ルカが深々と頭を下げる。

「本当に、先日はありがとうございました」

「頭を上げて。もう何回もお礼は言ってくれたじゃない」

「……これまでの僕の生意気な態度が申し訳なくて仕方ないので、何度でも言わせてください。クロエ先生のおかげで、僕は領主父様のお役に立てましたし、魔術学校で学んでいくのが楽しみになりました」

はにかみながら目を輝《かがや》かせ、尻尾髪《しっぽがみ》を揺らして微笑む美少年に、私もつられて笑《え》みがこぼれる。

「……あの日一緒に魔力を発動した時に感じたけれど、ルカの魔力は兄に似ているのね。魔力の使い方のコツを覚えれば、すぐに上達すると思うわ」

「そうなんですか？　あのノエル様と似ているのですか？」

金の目を見開くルカに、私は頷《うなず》いてみせる。

「強すぎる魔力を持つ人ってね、それが勢いよく出過ぎないように蓋《ふた》が頑強《がんきょう》なんですって。私は魔力がほとんどないからわからないけれど……泉が噴《ふ》き出さないように、強い岩盤《がんばん》で蓋がされているような感じだと兄は言っていたわ」

私は説明しながら、魔力を発動したての頃《ころ》の兄のことを思い出す。まだ隣国侵攻《りんごくしんこう》どころか兄が魔術学校に通う以前の話だ。魔術師の才を認められたものの、兄はまだ初級の魔術すら出せなかった。そこで兄は考えた。魔術師になれるほどではなくとも、妹の私にも微《かす》かに魔力がある。私が兄の魔力の蓋となっている場所を、見つければいいのだと。

「あの頃も、鉱山でルカとやったように、額を合わせて兄の魔力を感じて、どこから魔力を出せばいいのか見つけたりしていたの。こう……なんと言えばいいのかしら。パイシチューを食べる時、どこをフォークでつつけば、パイ生地《きじ》が破れるのか教えてあげる、というか……」

私が身振《みぶ》り手振りをしながら懸命《けんめい》に説明していると、ルカがふふ、と笑う。

「わかりにくかったかしら」

「いえ。よくわかりました。……たとえがちょっと面白《おもしろ》かっただけで」

「ならよかったわ」

「クロエ先生、教えてください。他にどんなことを入学前、ノエル様はなさっていたんですか？」

「私が覚えている範囲《はんい》でしか話せないけれど、いいかしら……」

それから私たちはしばらく、兄のことや魔石工学のことについて歓談《かんだん》した。

話題が切れたところでルカがティーカップを置く。そして庭を見やって遠い目をしてつぶやいた。

「……幸せです。こんなふうなお茶会を……外から来た女性とできる日が来るなんて、思ってませんでした」

「ルカ……」

「クロエ先生、聞いていただけますか。……僕がずっと気にしていた話です」

ルカは、ぽつりぽつりと語り出した。

「ヘイエルダールには押しかける貴族令嬢《れいじょう》が本当に後を絶たなかったんです――」

それは、セオドア様が一年前、公務として王都の舞踏《ぶとう》会に行った時からはじまったのだという。それまで危険な土地として婚約《こんやく》の打診《だしん》一つ来ることのなかったセオドア・ヘイエルダール辺境伯が姿を現して以降、ガラリと、貴族たちの態度が一変したのだという。

「領主父様への縁談《えんだん》が大量に舞《ま》い込むようになりました。また友好のためだとか、魔石鉱山の見学とか、慰問《いもん》とか、理由をつけてヘイエルダールを訪《おとず》れる貴族が増えたんです。彼らは僕たちの容姿や文化を『見物』しながら、領主父様にしつこく身上書《しんじょうしょ》を渡《わた》してきたり、ご令嬢を引き合わせたりしました。それ自体は、領主父様もいずれ結婚しなければなりませんから、悪い話ではないのでしょうが」

嫌《いや》なことを思い出したのだろう、チーズケーキに目を落とすルカの表情が陰《かげ》った。

「今はあくまで『停戦中』であり、万全《ばんぜん》な安全を保障できる土地とは言えません。僕たちはヘイエルダールの民《たみ》として、この土地で命運を共にすることは当然のこと。しかし万が一、やってきた貴族や令嬢に怪我《けが》をさせては、我が辺境伯領《へんきょうはくりょう》の責任となります。……領主父様はただでさえ必死にご公務をされておいでなのに……余計な仕事を増やされて……」

辺境伯領主夫人という地位と眉目秀麗《びもくしゅうれい》なセオドア様の容姿と能力だけを求めてヘイエルダールに訪れた貴族の大半は、領地の厳しい現状を見ようとしなかった。

「……平和に慣れてしまっているのでしょうね」

私は口にした。他《ほか》の領地にとって隣国の侵攻は遠い話だ。魔石鉱山に対する諸通達や魔術師招集に軍事費の負担、輸出入関係など、もちろん国中に何らかの影響《えいきょう》は波及《はきゅう》しているが、実際に攻撃《こうげき》を受け、被害《ひがい》を受けているのはヘイエルダールだけだ。元小国で閉《と》ざされた文化圏《けん》だからこそ、王国内の関心も低くなりやすいのが現状で——そのため現状を知らない貴族たちが無防備に訪れるのだ。

「……それに」

ルカはぎゅっと、膝《ひざ》で拳《こぶし》を握《にぎ》り締《し》める。

「訪れた方のごく一部ではありますが……領主父様がつれないことへの腹いせに、僕とマリアロゼに対して暴言を吐《は》く人が、いて」

「ど、どうして？」

「……領主父様と結婚するために、僕たちが邪魔《じゃま》だからですよ」

ノアは皮肉めいた笑みを口元に浮かべ、ため息をつく。

「最初は皆さん、僕とマリアロゼにあれこれと執拗《しつよう》に構ってくるんですが、僕たちに媚《こ》びても領主父様の籠絡《ろうらく》に影響がないと気づくや否《いな》や、手のひらを返したように……」

「悲しい思いをしたのね……」

ルカは肩《かた》をすくめてみせた。

「僕は今更《いまさら》、いちいち傷つく年ではありません。でも……妹のマリアロゼまで大人の思惑《おもわく》に振《ふ》り回されているのを見ると……」

「ルカは立派ね。きっとセオドア様に告げ口もせず、堪《こら》えていたんでしょう」

「どうしてわかるのですか？」

目を瞬かせるルカに、私は頷いてみせた。

「わかるわ。自分を守ってくれている人に、心配をかけたくない気持ちは」

私は思い出す。ストレリツィ侯爵《こうしゃく》家にいた頃、辛《つら》くても兄やサイモンに弱音を吐きたくなかったことを。自分が傷ついたことで、好きな人を傷つけることがもっと辛いのだ。

私はティーカップを置いてルカに微笑《ほほえ》んだ。

「ありがとう。私に話してくれて。……話していい相手だと認めてくれて」

「……いえ……」

ルカは頰《ほお》を染め、気まずそうに目を逸《そ》らす。

「私も気をつけるわね。セオドア様に気安くしすぎて、ルカに心配かけないように」

「……は？」

「え？」

きょとんとしたルカに首を傾《かし》げる。するとルカは身を乗り出し、真剣《しんけん》な顔で言ってきた。

「あの。……率直《そっちょく》なお気持ちを伺《うかが》いたいのですが、よろしいですか？」

「え、ええ」

圧倒《あっとう》されながら私は頷く。

「クロエ先生は領主父様をどう思われているのですか？」

「それは……」

私は答えようとしながら察する。ノアは私に下心がないか不安なのだ。

「心配しなくて大丈夫《だいじょうぶ》よ。私はセオドア様を大切な幼馴染《おさななじみ》でお兄さまのように思っているし、感謝の気持ちでいっぱいだけれど……他の方々のように結婚を迫《せま》ったりできる立場ではないわ。安心して」

言葉にしながら、胸がなぜかちくりと痛む。

——当然だ。自分は離縁《りえん》した身だし、今はもうただの幼馴染という関係でしかない。セオドア様のご結婚関係には、良くも悪くも全く関係ないのだ。

——良くも、悪くも？

また、心がもやっと重くなる感じがして、私は自分の感情に困惑《こんわく》した。

これではまるで、セオドア様と幼馴染以外の関係でありたいと思っているような。

私の頭に一瞬《いっしゅん》、セオドア様が他の女性と幸せそうに過ごす幻覚《げんかく》が過《よ》ぎる。

胸の奥が急に苦しくなる。この感情は何だろうか。不安？　恐《おそ》れ？　——何に？

「クロエ先生……？」

ルカが顔を覗《のぞ》き込んでいる。

私は我《われ》に返り、反射的にビクッとした。

「あ……ご、ごめんなさい。ちょっと考え事しちゃったの」

笑って誤魔化《ごまか》し、私は手を横に振って大丈夫だと示す。

「とにかく私は大丈夫よ。セオドア様は純粋《じゅんすい》に幼馴染として尊敬しているだけだから」

「…………」

安心してほしくて言った言葉だったけれど、なぜかルカの表情は硬《かた》い。苦いものを噛《か》み締めたような、こわばった顔をしていた。

「クロエ先生はむしろ、領主父様ともっと仲良くしてくださったって良いのに……」

ルカは額を押さえて深くため息をつく。そして独り言のように「領主父様、これは難儀《なんぎ》ですよ」なんて呟《つぶや》いている。

「どうしたの……？」

「これ以上は野暮《やぼ》なので僕は言いません。……クロエ先生は領主父様と接するにあたって、お気遣《きづか》いなさる必要はありませんので」

「え、ええ……」

わかったわ――そう言おうとしたところで、ルカの次の言葉に私は固まった。

「ずっと極秘《ごくひ》に支援《しえん》を続けていたのも、マクルージュ侯爵領だったんだろうなと……、クロエ先生のためだったんだと、ようやくわかりましたよ」

「……支援？」

初めて聞いた言葉を私は復唱する。すると、ルカはしまった、という風な顔をした。

「支援……知らないわ。それ、私が嫁《とつ》いでからもセオドア様はマクルージュ侯爵領に支援をしてくださっていたということ？」

「っ……クロエ先生がご存じでないなら、僕の思い違《ちが》いだと思います」

ルカは慌《あわ》てて首を振る。

「教えて、ルカ」

言いよどむ姿を見せたものの、ルカは根負けして話してくれた。

「領主父様は内政に追われている時でも、ずっと外部と連絡《れんらく》を取り続けていたんです。一三歳になった頃《ころ》から、手紙の処理や雑用を任され始めたのですが……その中で、領主父様はずっと、とても回りくどく、どこかの領地に連絡を取り続けてるような気がしていたんです。……僕の、気のせいかもしれないですが」

例えば商人を介《かい》して、それとなくどこかの土地を経由地にしているような。

例えば無作為《むさくい》に送っているように見せかけた手紙に、違和感《いわかん》を覚えたり。

それは毎日雑務を手伝っているルカが、なんとなく感じていた違和感だったという。

「領主父様のお仕事は、とてもはっきりしていてわかりやすいんです。隠《かく》し事や裏表のない内政と言いますか……。でもだからこそ、領外に出す手紙や、領外商人との接触《せっしょく》の一部が、なんだろう……やっぱり僕の思い違いだと思います」

ルカが慌てて謝罪する。

一人で勘違《かんちが》いだと結論づけたルカと対照的に、私はセオドア様が旧マクルージュ領へ支援していたと確信を持ってしまっていた。

旧マクルージュ侯爵領は元夫に代わり、私が管理を一任されていた。その領地経営は苦しく、私が女ひとりでこなせたのはサイモンの力と領民の力、両親が築いてきてくれてい
「ですが……」

た縁《えん》、そして何より幸運に後押しされていたと思い込んでいた。

――幸運だけじゃなかったんだ……あれは……セオドア様だったんだ。

気づいてしまえば、全《すべ》てに辻褄《つじつま》が合う。

儲《もう》けの少ない領地であるにもかかわらず、定期的に出入りしてくれる商人。

どこからともなく集まる、養護院や病院への寄付金。

おかげで、領民は生活レベルを落とさずに離縁の日までやってこられていた。

それに、他《ほか》にも色々と――。

考え込んだ私に、ルカが慌てて言い添《そ》える。

「あの、僕の勝手な想像なので……クロエ先生相手なら、隠す必要もないでしょうし」

「いいえ、隠す必要はあるわ」

私は首を横に振る。確信があった。

「白い結婚《けっこん》とはいえ、私はストレリツィ侯爵夫人だった。元婚約者で独身のセオドア様が、ずっと援助《えんじょ》をし続けていると表立って出てしまえば、私もセオドア様も破滅《はめつ》する」

「でも領主代行のようなお仕事もなさっていたのなら、さすがにクロエ先生は気づくんじゃないですか？　他人の目を憚《はばか》っていたとしても、数字は嘘《うそ》をつきませんし」

「ええ。数字は……正直だわ」

けれど。人は嘘をつくべき時に嘘をつく。

——サイモンと話したい。

「サイモン。あなた知っていたんでしょう？　セオドア様がずっと私のことを支援してくださっていたのを」

「お気づきになられて、なによりです」

「……わざと黙《だま》っていたのね……」

——ルカとの会話の翌日。

手続きのために領外に出ていたサイモンが帰ってきたので、私はすぐにサイモンを問い詰《つ》めた。

少し怒《おこ》っている私に甘いお茶菓子《がし》を用意しながら、サイモンはしれっとした顔で答えた。

「まだご結婚中に、セオドア様のお話をクロエお嬢様《じょうさま》にするのはいささか酷《こく》かと存じておりましたので」

「離婚したあとなら教えてくれたって」

「いきなりそんな話を聞いてしまえば、クロエ様は感謝より先に申し訳なさがくるでしょう」

「……それはそうね。素直《すなお》に厚意《こうい》を受け止められなかったかも」

私は昔を思う。あの頃はただ心を無にして、日々をこなしていくことに集中しなければ壊《こわ》れてしまいそうだった。

寂《さび》しいと泣いたり、扱《あつか》いに怒ったり。楽しい思い出に浸《ひた》って寂しさを思い出したり。そんな柔《やわ》らかな感情に蓋《ふた》をしていなければ、とてもじゃないが五年の刑期《けいき》——もとい、結婚生活は続けられなかった。

「私が体調を崩《くず》したとき、いつもサイモンがどこからともなく良い薬を出してくれたのも、セオドア様からの支援だったのね」

「左様でございます」

ストレリツィ家では私に対して、薬や包帯といったものはほとんど与《あた》えてくれなかった。けれどちょうど必要な時に、必要なものをサイモンが適切に用意してくれた。あれはサイモンが手を回していたのだと思っていたけれど、それだけでは説明がつかない。私が最低限の健康を維持《いじ》して過ごせたのもセオドア様のおかげだったのだ。

私はさらに尋《たず》ねる。

「もぬけの殻《から》になったマクルージュ侯爵《こうしやく》家のお屋敷《やしき》を、商人が買い取ってくれて別荘《べっそう》にして管理してくださっているのも、セオドア様の縁故なのね？」

「左様でございます。あの屋敷の中も庭も、全ては敬愛するマクルージュ侯爵ご夫妻がご存命の頃のままに保っております」

「……両親のお墓参りにもろくに行かせてもらえなかったのに、いつもお墓が花で溢《あふ》れていたのも、セオドア様のおかげかしら？」

涙声《なみだごえ》が交じるのが恥《は》ずかしい。それでも聞かずにいられなかった。

「マクルージュ侯爵ご夫妻の眠《ねむ》る墓地と教会の管理維持費は全て。ですが生花は、ご両親を想《おも》う領民たちが自ら自然と手向《たむ》けている、彼らの真心です」

紅茶の水面が震《ふる》える。涙がポロポロとこぼれ、私は両手で顔を覆《おお》う。

声を殺して泣く私。ドアが開く気配がして、愛《いと》しい足音が隣《となり》まで近づいてきた。

「黙っていてすまなかった、クロエ」

遠慮《えんりょ》がちに背中に手が触《ふ》れる。温かな手だった。その手の優《やさ》しさと声の柔らかな低さに、私はたまらない気持ちになった。

知らなかった。知らずにいてしまった。ずっと私のことを、大切な両親のことを、忘れないでいてくれた人がいたことを。――セオドア様だって、領民たちだって、みんな一人一人自分の人生の辛《つら》さを抱《かか》えているというのに。

私はずっと、こんなにも愛情に包まれていたなんて。

しばらく泣き続け、泣き疲《つか》れて顔を上げると、そこにサイモンはいなかった。

セオドア様は私の前に跪《ひざまず》き、こちらの顔を見上げていた。泣いている子どもを見守るようなその優しい眼差《まなざ》しに、また涙が溢れる。

「クロエ、これで涙を……」

セオドア様がハンカチを差し出してくれる前に、私はたまらず、セオドア様に抱きついた。真っ白なシャツの胸に飛び込み、子どものように泣いた。

まるで六歳の頃の自分に戻《もど》ったみたいだ。セオドア様は静かに、背中に優しく触れて宥《なだ》めてくれていた。泣きながら胸が温かくなる。彼はセオドアお兄さまだった頃から変わっていない。ほんの子どもだった私相手でも、セオドア様は常に令嬢《レディ》として接してくれていた。無闇《むやみ》に頭を撫《な》でたり触れたりしない人だった。抱《だ》きしめるでもなく、拒絶《きょぜつ》するでもなく、ただ私に胸を貸しながら背中を叩《たた》いてくれるのは。

「セオドア様……私は……セオドア様に……たくさん……」

言いたいことは山ほどあるけど言葉にならない。それでもセオドア様はただ優しく、私に寄り添ってくださっていた。

小一時間後、床《ゆか》に座り込んでいたことに気づいた私は慌てた。セオドア様は「失礼するよ」と断りを入れて私を横抱きにし、ソファまで運んでくれた。

「ありがとうございます……」

セオドア様の真っ白なシャツの胸元《むなもと》が、私の涙で濡《ぬ》れていた。申し訳なくて謝ると、セオドア様は笑って首を横に振《ふ》って私の顔をハンカチで拭《ぬぐ》ってくれた。

「私の前で……やっと、君は泣いてくれたね」

「申し訳ありません。……お作法の先生、失格ですね」

「構わないさ。今ここにいるのはクロエ先生じゃない、私の幼馴染《おさななじみ》の可愛《かわい》いクロエだ」

セオドア様は乱れた私の前髪《まえがみ》を整えてくれる。まるで子どもをあやすような手つきに、私は素直に身を委《ゆだ》ねた。

「……小さい頃《ころ》は、私、よく……セオドア様にくっついて泣いていましたね」

「ああ。領地に帰る数日前から、君はいつも泣き虫になっていたね。君は私の分まで泣いてくれていると思っていた。……私も、あたたかなマクルージュの屋敷から離《はな》れるのは寂しかったから。濡《ぬ》れたハンカチやシャツが乾《かわ》くのも惜《お》しいくらい、寂しかった」

幼い頃。私はセオドア様によく甘えていた。大好きな『セオドアお兄さま』に無邪気《むじゃき》に抱きついて、甘えて、泣いて、こうして甘やかされて。

兄とも両親ともサイモンとも違《ちが》う、氷のような銀髪《ぎんぱつ》に、淡《あわ》く虹色《にじいろ》を反射させる綺麗《きれい》な優しいお兄さま――私の、大好きな人だった。

「今日は泣いても別れなくてもいいからいいね。またシャツが乾いてもまた明日目を覚ませば君がいる。私は幸せだよ」

「私もです。セオドア様」

頷《うなず》きながら私は思い出す。幼い頃、この人と一緒《いっしょ》に過ごす未来に憧《あこが》れていたことを。

そして気づかないふりができなくなっていた――今もこうして一緒にいると、子どもの

頃とは違う意味で、胸が甘く痛むことを。


ヘイエルダールに来て三ヶ月と少しが経《た》った、晴天の朝。

この土地の人々みんなが待ち望む、夏祭りの始まりの日だ。

私はメイドに身支度《みじたく》を任せながら、窓の外を見下ろしていた。祭りの五日間は城の中も領地の中も全《すべ》て、祭り仕様の華《はな》やかな飾《かざ》りで包まれる。城の窓から街を見下ろせば、街中に飾られた色とりどりのリボンが初夏の風になびくのが見えた。どの家の窓にもたっぷりの花が飾られ、街をゆく老若男女皆《ろうにゃくなんにょみな》、帽子《ぼうし》やスカーフ、あちこちに思い思いの鮮《あざ》やかな花を挿《さ》しているようだ。

「終わりました、クロエ様」

「ありがとう」

私の身支度を終えたメイドが、数歩下がって興奮気味に言った。

「わあ……とてもよくお似合いです！」

「そ……そうかしら。服に着られていない？」

「とんでもないです。上品でよくお似合いです」

メイドが絶賛する。私が身に纏《まと》ったのは特別な白いワンピースドレスだった。パフスリーブや腰《こし》、スカートの裾《すそ》、あちこちにシロツメクサを模した刺繍《ししゅう》と魔除《まよ》けの飾り縫《ぬ》いがあしらわれている。たった三ヶ月の手仕事ではない。姿見の中の自分を見ながら、私はセオドア様を想う。先日明らかになったマクルージュ侯爵領への援助《えんじょ》といい、まだまだ、私の知らないセオドア様のご配慮《はいりょ》がある気がする。

髪《かみ》もいつもとは違い、リボンを編み込んで花を挿した特別なセットをしていた。首飾りとイヤリングは、魔力を伴《ともな》わない透《す》き通った魔石片《へん》をビーズにして作ったものだ。私を着付けてくれたメイドもまた、いつもとは違う華やかな装《よそお》いだ。今日はヘイエルダールじゅうが、短い夏を楽しむ祭りに盛り上がるのだ。

ホールに出ると、サイモンが意外な恰好《かっこう》で私を待っていた。白く袖《そで》のゆったりした法衣《ほうえ》を纏《まと》い、肩《かた》に神官がかけるストールをかけていたのだ。

「どうしたの、まるで神官みたいじゃない」

「正真正銘《しょうしんしょうめい》の神官なのですよ、クロエお嬢様《じょうさま》。私は母方がヘイエルダール出身で、その縁《えん》で神官の資格を取得しているのです」

「……また少しわかってきたわ。セオドア様とサイモンが裏でつながりやすかったのも、サイモンがヘイエルダール出身だからなのね？」

「銀髪が白髪頭《しらがあたま》になってからは、すっかり気付かれなくなりましたけれどもね」

サイモンと会話していると、セオドア様もホールへとやってくる。いつものマントの下に、華やかな刺繍の施《ほどこ》された礼装を纏《まと》っている。いつにも増して、ヘイエルダールの伝統を強く感じる装いだった。

「……」

「どうした、クロエ」

「きれいだな、と思いまして……」

「私の方が先に言おうと思っていたのに、先を越《こ》されたな」

セオドア様は私の手を取り甲《こう》に口付けると、自身の胸元に挿した生花の一輪に口付けて私の髪に挿す。

「祭りの装束《しょうぞく》を纏った君も綺麗だ、クロエ」

「ありがとうございます」

私がお礼を言うと、セオドア様は柔《やわ》らかな笑顔《えがお》を見せた。胸にすがって泣いてしまった日以降、どこかセオドア様がまた一段と私に砕《くだ》けた表情をしてくれるようになった気がする。優雅《ゆうが》でありながら気心の知れた距離感《きょりかん》の微笑《ほほえ》みに、私は胸が苦しくなる。改めて、この人は魅力《みりょく》的な方だと意識してしまう。

「そ、そういえば」

気持ちを誤魔化《ごまか》すように、私はあえて明るい声音《こわね》を出して周りを見回した。

「ルカとマリアロゼは？　ここに集まっていると思ったのですが」

「朝から血縁の親戚《しんせき》のもとに行っているよ。マリアロゼの両親も帰ってきているからな」

「まあ！　そうなのですね！」

マリアロゼがご両親に会うときに披露《ひろう》するために、礼儀作法やお稽古《けいこ》を頑張《がんば》っていたのを思い出す。

「さ、行こうか」

セオドア様が私にエスコートの肘《ひじ》を差し出す。

「会場ではマリアロゼにも、その両親にも会えるよ」

「……はい」

以前腕《うで》に触《ふ》れた時よりも意識してしまう。私はぎこちなさを隠《かく》しながら腕に触れ、寄り添《そ》って馬車へと向かった。


――ヘイエルダールが小国だった時代から続く夏祭り。

夏至《げし》の時期に合わせて、今年の豊作と繁栄《はんえい》を願う大掛《おおが》かりな催《もよお》しだ。山城であるヘイエルダール城から一段下った丘陵地《きゅうりょうち》に設《しつら》えられた会場は花とリボンで飾り付けられ、人々も華やかな衣装《いしょう》を纏って集まっていた。

馬車の窓から外を眺《なが》めつつ、セオドア様が私に説明してくれる。

「城前広場に集まっているのは、ヘイエルダール王家時代からの家臣筋の者たちだ。今では平民として商家や農家を営んでいても、城下町に居を置く者は大抵《たいてい》がそうだな」

目に入る人々、全員、色合いの具合は違ってもみんな銀髪に金色や茶色の瞳《ひとみ》をした人々で、縁戚関係の繋《つな》がりを強く感じた。家ごとに座る場所が決まっているらしく、皆慣れた様子で中心を空けて大きな同心円を描《えが》くように集まっていた。

馬車を降りた私はセオドア様に導かれ、上座の領主が座る場所へと案内された。

ざわっと、人々の目が私に集まる。

その視線に嫌悪《けんお》は感じなかったけれど、興味や好奇心《こうきしん》は隠せない眼差《まなざ》しだった。金髪《きんぱつ》に碧《みどり》の瞳の『外部の貴族女性』はよく目立つだろう。私は目を伏《ふ》せ気味にセオドア様の隣《となり》を歩く。

「どうした、緊張《きんちょう》しているのか？」

「……あの……私は場違《ばちが》いではありませんか？　皆様《みなさま》の大切なお祭りにお邪魔《じゃま》では」

「みんなマクルージュ侯爵《こうしゃく》令嬢の君と話したくて仕方ないだけさ。安心して、堂々としているといいよ」

「でも……セオドア様にエスコートしていただいているなんて……」

セオドア様は片目を閉じて囁《ささや》く。

「親交の深いマクルージュ侯爵令嬢の君に最も相応《ふさわ》しいのは、私の隣の席だよ」

セオドア様はそのまま私を連れ、隣の席に案内する。周りにはもちろん、ヘイエルダール辺境伯家の親族の皆様が集まっている。ますます注目を浴び、胃がきゅっと痛くなる。これまで静養を理由にほとんど社交の場に出ていなかったので、ご親戚の方々とまともに顔を合わせるのは今日が初めてだ。

「祭りの前に紹介《しょうかい》しよう。彼女がクロエ・マクルージュ侯爵令嬢だ。かの第五魔術師隊《フィフス・メイジオーダー》の綺羅星《ポラリス》のノエル・マクルージュ侯爵の妹君だ」

セオドア様の紹介を受けて辞儀《じぎ》をする。それを皮切りに人々が次々と、私に笑顔で話しかけてきた。老若男女一様に、私に対して驚《おどろ》くほど温かな歓迎《かんげい》をしてくれた。

私の両親——先代マクルージュ侯爵夫妻と親しくしてくださっていた方や、兄ノエルの功績を興奮気味に称賛《しょうさん》してくれる方。先日の鉱山の一件についての噂《うわさ》も広まっているらしく、どこで学んだのか、領地ではどんな風に管理していたのかと食い気味に話しかけてくる方もいた。

一人の老婦人が挨拶《あいさつ》の後に私の手を握《にぎ》り、皺《しわ》の深い手で丁寧《ていねい》に私の手を撫《な》でながらしみじみとつぶやいた。

「……ご両親が亡《な》くなってから幼くして嫁《とつ》いで、きっとお辛《つら》かったでしょう。よく耐《た》えられましたね」

「ありがとうございます」

「ヘイエルダールの者は皆あなたを迎《むか》えられて喜ばしいと思っているわ。あなたさえ良ければ、ぜひ長くこの土地で暮らしてほしいわ。蜂蜜姫《はちみつひめ》もヘイエルダールの外からここにやってきたお嫁《よめ》さんだもの。蜂蜜姫の髪を持つあなたにとっても、かけがえのない土地になりますように」

「……嬉《うれ》しいです。こうしてヘイエルダールとの縁を繋いでくれた両親や兄、そして辺境伯に感謝でいっぱいです」

柔らかく手を握り彼女が去ったところで、従者が耳打ちで、彼女がセオドア様の母方のお祖母様《ばあさま》だと教えてくれた。

「まあ、もっとお話ししなければならなかったのに」

青ざめる私に、従者は首を横に振《ふ》る。

「あまり大袈裟《おおげさ》にしてクロエ様が萎縮《いしゅく》なさるのは本意ではなかったのですよ」

「いずれご挨拶に伺《うかが》わなくては……」

感慨《かんがい》にふける間もなく、次々と挨拶の人が訪《おとず》れる。一人一人は短時間なものの、皆どんどんやってくるから慌《あわ》ただしい。

「辺境伯が最近柔らかくなられたと思ったら、クロエ様のおかげだったのですね」

なんて言いながら訳知り顔で頷《うなず》く紳士《しんし》に、

「クロエ様、ぜひ今度お茶会を開きましょうね。マクルージュ侯爵夫人……あなたのお母様のお話をたっぷりしたいのよ」

と、両手を摑《つか》んできらきらの眼差しで語りかけてくるご婦人。

次に挨拶を交《か》わしたのは、どこかで見覚えのある顔立ちをした貴婦人だった。三〇歳ほどだろうか、ゆるく纏めた銀髪《ぎんぱつ》が上品な、落ち着いた女性だった。

辞儀を交わしたのち、彼女は「メイザ・ユスティナ・ストーミア」と名乗った。

「いつもルカがお世話になっております。ルカの母です」

ストーミア。ルカの実家の家名だ。

「こちらこそ、大変お世話になっております」

「ルカが失礼をしていないか心配ですが、問題はございませんか？　なかなかストーミアの家に帰ってこないものだから事情がわからなくて……」

「とんでもないです。いつも親切にしていただいております。家族思いの優《やさ》しい方ですね」

彼女との挨拶を皮切りに、ルカのご親戚の皆様が集まってきて、話が盛り上がる。

楽しい時間を過ごしながらふと視線を遠く向けると、紳士の輪の中で歓談《かんだん》するセオドア様の姿が目に留まった。目元だけで微笑まれ、私は頰《ほお》が熱くなった。見つめ合う私たちに気づいて、周りの人も顔を見合わせあって微笑ましそうにする。その和《なご》やかな空気に、私は恥《は》ずかしいような、くすぐったいような感覚を覚える。なんだか幼い頃、親族の集まりに出た時の空気に似ている。

「領主様、本当に雰囲気《ふんいき》が柔《やわ》らかくなられましたよね」

「ほっとしたのでしょうね、ずっとマクルージュ侯爵家について案じておられたので」

しばらく歓談に興じたところで、鐘《かね》が鳴り、人々はそれぞれの席へと戻《もど》っていく。別れの挨拶をすませて席に戻ると、セオドア様がすでに席に座っていた。

先ほどまでの喧騒《けんそう》が嘘《うそ》のように静まり返る。セオドア様が耳打ちする。

「これから祈《いの》りが始まる。君は初めてだから、起立と着座以外は気にしなくていい」

空に輝《かがや》く太陽はいよいよ天頂に差し掛《か》かる。

静寂《せいじゃく》の中、真っ白な祭服を纏《まと》った聖職者と巫女《みこ》が中心に並んだ。

草木の擦《こす》れ合う音と風の音だけが響《ひび》く。場の空気が変わる。

巫女の、歌うような高らかな祝詞《のりと》が始まる。

あっという間の、神聖な時間だった。

祭儀《さいぎ》が終わると、人々はがやがやと会話をしながら、思い思いの場所へとはけていく。まるで幻《まぼろし》を見たかのような心地《ここち》で、私は余韻《よいん》に浸《ひた》って惚《ほう》けていた。

「見入っていたな、クロエ」

私は夢心地《ゆめごこち》で頷いた。

「……蝶《ちょう》のように花びらのように、なんて美しく舞《ま》うのでしょう……それに男性と女性が交互《こうご》に歌い合う声もよく通っていて……」

「ありがとう、私たちの文化を褒《ほ》められると嬉しいよ」

セオドア様は微笑《ほほえ》む。

「ヘイエルダールの祭儀は王都の舞《ぶ》台《たい》役者や歌手も観覧を所望《しょもう》してくるんだ。まあ、原則的に外部への見せ物にはしていないのだが……王都で認められるのはありがたいと思ってはいるよ」

私はあたりを見回した。みんな、思い思いの方向へ散り散りになっているようだ。

「これから何をすればよいのでしょう？　私、ヘイエルダールのお祭りに疎《うと》くて……」

「自由さ。あちらのテーブルで軽食を摘《つ》まんでも、テラス席で歓談を楽しんでも。庭を楽しんでも良いし……城下町に下りても楽しいだろうな、あちこちで歌や踊《おど》りが始まっている」

セオドア様があたりを示しながら言う。

「もちろん部屋に戻ってゆっくり休んでも構わない。挨拶をたくさんして疲《つか》れただろう、どうする？」

「疲れはありません。是非《ぜひ》……私も社交の場に出たいと思います」

私をこれまで社交の場に出さないでくれたのはセオドア様の優しさだ。それでも賓客《ひんかく》として、マクルージュ侯爵家《こうしやく》の娘《むすめ》として、そろそろきちんとヘイエルダールの人々と向き合いたいと思った。

私の思いを汲《く》み取ったのか、セオドア様は私をいたわるようにそっと肩《かた》に触《ふ》れた。

「わかった。……今日は王都でいう立食形式出入り自由の、社交パーティーよりもっとざっくばらんとしたものだし、社交はじめとしては良い機会だろう。無理なことがあれば、すぐに休むんだよ」

「ありがとうございます。無理をしてご心配をおかけしては意味がありませんし、気をつけますね」

私が微笑むと、セオドア様は温かな眼差《まなざ》しで微笑み返してくれる。

笑顔《えがお》に胸がどきっとしたところで、明るい子どもの声が響いた。

「領主父さま！」

おめかししたマリアロゼが元気に駆《か》けてくる。そのまま勢いよく飛びついてくるマリアロゼを、セオドア様は柔らかく抱《だ》き留めた。

「飛び込む力加減が上手になったな、マリアロゼ」

「えへへ」

マリアロゼが嬉しそうにはにかむ。後ろから歩いてついてくるのは、兄ノエルと同じ形の魔術師《まじゅつし》礼装を纏った、三〇代中ごろの夫婦《ふうふ》だ。魔術師らしく銀髪を長く伸《の》ばした学者らしい佇《たたず》まいの二人だ。二人は揃《そろ》って私たちに辞儀《じぎ》をした。

「マクルージュ侯爵令嬢《れいじょう》、ご挨拶が遅《おく》れました。マリアロゼの父、ミゲル・エーリクです」

「母のメリルです。マリアロゼに見事なマナーを躾《しつ》けていただき、ありがとうございます。王都の社交界に出ても恥ずかしくない娘にしていただいて……」

深々と礼をする二人と同じように、私も深く礼をする。

「こちらこそ……マリアロゼお嬢様が私を受け入れてくださったからこそ、私もこちらにすぐ馴染《なじ》めました。彼女は私にとって、ヘイエルダールのことを教えてくれる先生です」

「ねー！　クロエ先生にお花とか、養蜂《ようほう》場の場所とか、いっぱい教えたもんね」

「こら、マリアロゼったら。クロエ様すみません。そして領主様も抱っこさせてしまって……」

「私にとっても可愛《かわい》い娘だ、ありがたい重みだよ」

「へへっ、領主父さまだーいすき！」

「もう……」

窘《たしな》めながらも、実のご両親もとても幸せそうだ。三人とセオドア様の纏《まと》う雰囲気を見ていると、彼らなりの実の親と養父という関係性のあたたかさを感じさせられる。セオドア様からマリアロゼを受け取り、三人で辞儀をして去っていく。今日は実の両親と水入らずで過ごすようだ。

「幸せそうですね、マリアロゼ」

「ああ」

セオドア様が眩《まぶ》しそうにその背中を見つめている。

「以前クロエが励《はげ》ましてくれてから、一層胸を張って『領主父様』として、エーリク夫妻とマリアロゼに向き合えるようになった……ありがとう、クロエ」

「そうか」

「セオドア様はよい領主父様ですよ。絶対です」

「ええ。きっとこれからも素敵《すてき》なお父様になれますよ」

「……そういう日が来るのかな、私にも」

ふっと遠い目をして、セオドア様はエーリク親子の後ろ姿に目を向ける。私は思い出す。

セオドア様が父親になる――それは、ご結婚《けっこん》されて世継《よつ》ぎを残されるということ。

言いようもない気持ちになって、私は胸を押さえる。その時セオドア様が私を見た。

「……クロエは、未来のことを考えたりするのか？」

「え……？」

セオドア様の凪《な》いだ眼差しが、私を射る。

真剣《しんけん》な眼差しに言葉がつかえる。周囲の喧騒が、ぐっと遠くなった気がする。

「私の……未来、ですか……？」

その時、遠くから音楽の音色が聞こえてくる。先ほど祭儀が行われていた場所がそのままダンス会場に様変わりしていた。弦楽器《げんがっき》の軽快なメロディに合わせ、太鼓《たいこ》と手拍子《てびょうし》の音楽が響く。

二人を包んでいた何かが解けた気配がした。

「すまない、変なことを聞いてしまったな。忘れてくれ」

セオドア様はいつもの笑顔に戻り、私に手を差し伸べる。

「よかったら一緒《いっしょ》に踊らないか」

「あ……でも、私、何も知らなくて」

「私がリードするから。そう難しくはないよ」

セオドア様に導かれるままに、手を取られてダンスの場に入っていく。セオドア様の手が熱い。そういえばこうして触れ合うのは初めてだと気づく。

──私は、この人とどうなりたいのだろう。セオドア様は、私をどう思っているのだろう。

胸を甘く締《し》め付ける感情の答えを探せないまま、私はただ、セオドア様に導かれるまま軽快な音色に身を委《ゆだ》ねることにした。

――祭りはとても楽しく、あっという間に夜になった。

今までの内にこもった生活が嘘《うそ》のように、私はセオドア様と一緒に色んな場所に顔を出し、ヘイエルダールの人々と楽しい時間を共有した。最初は緊張《きんちょう》していた私も、夕暮れになる頃《ころ》にはすっかりここが居場所のような心地《ここち》になる。遠い親戚《しんせき》の故郷に帰ってきた――そんな感覚に、きっと似ていると思う。

祭りの一日目を終え、私は城に戻《もど》って湯浴《ゆあ》みをした。

城のテラスから見下ろすと、街の方はまだ賑《にぎ》やかで明るい。夜通し祭りが続いている喧《けん》騒《そう》を遠くから見るだけで、なんだか非日常に浮《うわ》ついた心地になる。

少し涼《すず》しい夜風を受けながら、私は夜空を見上げて深呼吸をした。

「……素敵な一日だったわ……」

セオドア様と一日中一緒だったのも、これが初めてだった。

朝から晩まで、ほぼ二人で一緒に行動して、同じものを口にして、同じ音楽で踊《おど》って、同じ場所で笑ったり話したりした。子どもの時よりもずっと長く濃密《のうみつ》な時間を過ごしたように思う。

人混《ひとご》みやダンスで繋《つな》いだ手の熱を思い出すだけで、胸がぽかぽかと温かくなる。

「……セオドア様と一緒にいると……どんどん楽しくなっていくわ……」

同時に。社交の場に出ると否応《いやおう》なしに、今後の身の振《ふ》り方と向き合わなければと感じた。あちこちで結婚の予定や今後について、尋《たず》ねられてうまく答えられなかったからだ。

「……私は、これからどうするのだろう」

順当にいけば、静養を終えたら兄のもとに身を寄せることになるだろう。兄の紹介《しょうかい》を使えば社交界に出たことがない私でも何かしらの縁《えん》を頼《たよ》って仕事を見つけられるかもしれない。いつまでもヘイエルダールでお世話になるのは、いくら歓迎《かんげい》されているとはいえ現実的ではない。

——それでも。私の率直《そっちょく》な気持ちとしてはヘイエルダールを離《はな》れたくなかった。

この数ヶ月の間に、私はすっかりヘイエルダールの風土と暮らしにしっくりとくるものを感じていた。王都と違《ちが》う食や文化の違い、濃密な絆《きずな》で結ばれた辺境伯領《へんきょうはく》の世界——それらのどれもが魅力《みりょく》的で、王都の暮らしより、ここに馴染んで生きていく道のほうが自然とさえ感じていた。

けれど、どうやってこの土地に暮らしていけばいいのだろう？

今はこうして一時的な家庭教師がわりの役目を与《あた》えてもらっているけれど、いつまでも賓客《ひんかく》として甘えているわけにもいかない。セオドア様はきっと「甘えていていい」と言ってくれると思うけれど、甘えっぱなしでいるのは私が嫌《いや》だった。

優《やさ》しくしてもらった分、私もきちんと自分で身の振り方を考えて自立してお返ししたい。

「……この領地で仕事をすればいいのかしら。それこそ臣下のお宅の家庭教師や侍女《じじょ》として……けれど、マクルージュ侯爵《こうしゃく》の娘《むすめ》として扱《あつか》いにくく思われるかもしれないし……簡単なことではないわね」

それに。

私はセオドア様に触《ふ》れられた手の余韻《よいん》を思い出し、切なくなる。

「ここに暮らしていたら、いつかもし……セオドア様が私の知らない誰《だれ》かとご結婚されたら……」

その時私は、素直《すなお》な気持ちで祝福できないかもしれない。

もやもやとした気持ちの意味は、自分でうっすらとわかっていた。けれど、はっきりと自覚してしまってセオドア様のご厚意《こうい》の迷惑《めいわく》になるのが怖《こわ》かった。

「……セオドア様は、私を遠い親戚の妹のような気持ちで優しくしてくださっているのよ。それを……私が勘違《かんちが》いしてはいけないわ」

昔は——「セオドアお兄さま」と呼んでいた頃は、婚約者としての未来を疑うことはなかった。素直に甘えて大好きと言えた。

けれどそれは子どもらしい「大好き」でしかなかった。

あの優しい眼差《まなざ》しの「セオドアお兄さま」が、涙《なみだ》をこぼす私を受け入れてくれた時に、私ははっきりと……彼に違う感情を抱《いだ》き始めているのに気づいた。

気づかないふりをしたいのに、あの眼差しの優しさを思い出すだけで、胸が甘く苦しくなる。もっとあの人のことを知りたい。そばにいて、あの人が切ない顔をする時に寄り添《そ》いたいと思う。そう思ってしまうのは、私だけだろうか。

「……だめね。一人でぐるぐる考えても意味はないわ……少し歩きましょう」

熱を冷まそう。そう決めた私はストールを羽織り、部屋の外に控《ひか》えたメイドに断りを入れ、中庭へと夕涼《ゆうすず》みに出ることにした。今夜はマリアロゼも、ナニーメイドたちもいない。城が静かで、後ろからついてきてくれる護衛騎士《きし》の甲冑《かっちゅう》の音がよく響《ひび》く。

庭を一通り歩き回り、虫の音と空高い星の輝《かがや》きに見惚《みと》れたところで、ようやく私は落ち着いてきた。心地《ここち》よい眠気《ねむけ》が湧《わ》いてきたので、このままよく眠れそうだ。

庭から城をふと見やる。セオドア様の寝室《しんしつ》の隣《となり》、書斎《しょさい》らしい部屋に明かりがまだ点《とも》っている。カーテンが閉じられているので中はよく見えない。けれど隙間《すきま》から、私は見慣れた後ろ頭を見た――サイモンだ。

サイモンとセオドア様が、二人で夜に隠《かく》れて話している。

「……一体、何があったのかしら……」

私の世話役のサイモンと、城の主人のセオドア様が会話をしていてもなんらおかしいことはない。けれどなぜか、二人がまるで人目を避《さ》けるように会話をしているように見えた。

こんな夜に、寝室の隣の、私的な書斎で。

「……クロエ様？」

立ち止まった私の後ろから、ためらいがちに小さく護衛騎士が声をかける。私はハッとして、慌《あわ》てて振り返って首を横に振る。

「なんでもないわ。お城に見とれていただけよ。……戻りましょう」

私は見たものも不安も忘れるようにして、真っ直《す》ぐ、急ぐように部屋へと戻った。

夏祭りの日々も瞬《またた》く間に過ぎていった。

夏祭りの最終日は湖水地方に赴《おもむ》き、最後の焚《た》き火の夕べを過ごして終えるのが、辺境伯家の伝統らしい。今年は私も連れて行ってもらえることになった。

汽車と馬車を使い、丸二日をかけてたどり着いた別荘《べっそう》は、万年雪に彩《いろど》られた山脈と、その山々を鏡写しにした楕円《だえん》形の湖のほとりにあった。湖は良く澄《す》んでいて、水底《みなそこ》を覗《のぞ》き込めば、魔石片《ませきへん》の透《す》き通った結晶《けっしょう》が藻《も》の間にまで輝いている。それらは魔力を有しないただの石ではあるけれど、きらきらと水面にまで反射する煌《きら》めきは、どんな宝石よりも美しく、強く心を惹《ひ》きつけられるものだった。

数十名の大世帯で訪《おとず》れた私たちは、それぞれ思い思いの行楽を楽しみ、祭りの最後の名残《なごり》を惜《お》しんだ。子どもたちは浅瀬《あさせ》で石を拾い、男性陣《じん》は狩猟《しゅりょう》へと出かける。女性陣はというと、風通しの良い湖畔《こはん》の野原に集まり、華《はな》やかな刺繍《ししゅう》のスカートと日傘《ひがさ》を広げてランチパーティーに勤《いそ》しんだ。その光景は湖畔に添えられた花畑のようだ。

私は社交の場に当たり前に出るようになっていた。仲良くなったヘイエルダールの婦人たちと、今日は刺繍について語り合っていた。一人が、私のスカートの刺繍を見て言った。

「以前から思っていたのですが……そのシロツメクサの刺繍は、とても素敵《すてき》ですね。蜂蜜《はちみつ》姫《ひめ》──地母神様の象徴《しょうちょう》であるシロツメクサの刺繍は、約束と幸福を意味します」

「約束と、幸福……」

繰《く》り返す私に、他《ほか》の女性たちも口々に教えてくれる。

「いわゆる『刺繍言葉』です」

「赤ちゃんの産着《うぶぎ》に幸福を願って縫《ぬ》ったり、旅立つ家族にまた会う約束を込めて縫ったり……いろんな節目に使われますね」

ヘイエルダールの衣服に施《ほどこ》された刺繍に意味があるとは、なんとなくではあるが知っていた。幾何学《きかがく》模様は魔除《まよ》け。野薔薇《のばら》の刺繍は、襟《えり》や袖口《そでぐち》から悪いものが入らないようにするため。男性の腰帯《こしおび》に施される古代文字は、勇猛《ゆうもう》・真摯《しんし》・絆のフレーズ。

「誰から贈《おく》られたお召《め》し物なのですか？　……領主様ですか？」

興味津々《きょうみしんしん》、といった様子で尋ねられ、私は頬《ほお》が熱くなる。

「はい。……そんな大切な意味を込めたものをもらっていたのですね」

「シロツメクサは普段着《ふだんぎ》というよりも、特別なものに使う印象ですね。例えば……大切な娘の婚礼衣装《こんれいいしょう》や、旅に出る伴侶《はんりょ》に向けたハンカチだとか、大切な人の門出《かどで》や出発を祈《いの》る時に施します」

「……素敵な意味なのですね。皆様《みなさま》もお持ちなのですか？　シロツメクサのものは」

私はじんと温かな気持ちになりながら、刺繍を見つめる。

「きっと私が……セオドア様の幼馴染《おさななじみ》なので、私の幸福を祈って用意してくださったのですね」

私の言葉に、彼女たちは顔を見合わせ、意味深に微笑《ほほえ》み合った。

「何かおかしいことを言ってしまいましたか？」

「きっとそういう意味もあるかと思いますが……多分領主様は……」

「ふふ、ずっと大切にしたかったんだと思いますよ、クロエ様のことを」

微笑ましそうにする彼女たちを前に、私は照れくさくなりながら刺繍を撫《な》でる。セオドア様はどんな気持ちを込めてこの服を用意してくださったのだろうか。

ランチパーティーを終え、別荘《べっそう》に戻《もど》ると、ちょうど狩《か》りを終えたセオドア様と鉢合《はちあ》わせした。先ほどの会話を思い出して私はどきっとする。

「クロエ、どうかしたか？　……ああ」

袖《そで》を捲《まく》ったラフな狩り姿のセオドア様が首を傾《かし》げ、そして合点《がてん》した顔をする。

「すまない。汗《あせ》や硝煙《しょうえん》の臭《にお》いが不快だったか。すぐに着替《きが》えよう」

「……あ、いえ……そういうことではなくて……」

「どうした？」

綺麗《きれい》で穏《おだ》やかな顔をして、セオドア様は私に微笑みかけてくる。

「顔が赤いな。熱があるのか？　すぐに医師を……」

「あ、違《ちが》います、その」

心配そうに額を寄せられそうになったので、私は慌てて身を引く。それだけでセオドア様が少し傷ついたような顔をした——風に感じる。セオドア様が悪いのではないと、私は急いで首を横に振《ふ》った。

「……あ、あの……今日、聞いたのですけど……ご婦人がたに」

「うん、それでどうした？」

「セオドア様から頂いた衣服の……この、シロツメクサの刺繡についてですが……刺繡のモチーフも、セオドア様が選んでくださったのですか？」

「……ああ。聞いてしまったか……」

セオドア様は口元を隠し、気まずそうに眉《まゆ》を下げる。

「少し意味が重すぎて……驚《おどろ》かせてしまっただろう？」

「いえ……本当にとても気遣《きづか》って大切なものを作ってくださったのは嬉《うれ》しかったんです。ただ……、これまで意味に気づかず申し訳ないと思いまして」

「私があえて黙《だま》っていたんだ。……場合によってはこちらに来ないかもしれなかった君のために、そんな刺繍の入った服を用意していたなど……ただの幼馴染の男から贈るには重たくて……流石《さすが》にどうかとは思っていたから」

「い、いえ……私は嬉しかったです。本当に。……セオドア様が長い間、私がヘイエルダールに身を寄せられるように準備してくださっていたのだと感じられて……ありがとうございます」

「そうか……」

セオドア様がぎこちなく頷《うなず》く。

なんだか私も恥《は》ずかしくなってきて、顔が熱くなってくるのを感じた。

「あの、クロエ」

「セオドア様」

二人して言葉が重なり、またお互《たが》い気まずい顔をする。

そしてだんだんおかしくなってきて、私もセオドア様も笑い始めた。

「ふふ……何やっているのでしょうね、私たち」

「いや、本当にすまない。私が隠していたばかりに……その。気になることがあったらいつでもすぐに聞いてほしい。クロエが不安を感じずに暮らせるのが一番だから」

「はい。わかりました。なんでも聞きますね」

その時廊下《ろうか》の向こうから、軍装の臣下の方がやってくる。セオドア様は領主としての顔に戻る。

「ではまた。……話せて嬉しかったよ」

行楽中とはいえ、セオドア様は一日中気を抜《ぬ》ける訳ではない。

去っていくその背中を見送りながら、私は決意を固めていた。

「……折を見て、あの日のことも聞かなければ……」

セオドア様とサイモンが二人で話していた内容について。私にできることはないのかもしれないけれど、自分にまつわることなら聞いておきたい。


夜。湖畔で焚《た》いた篝火《かがりび》を囲んだ子どもたちが、楽士の奏《かな》でるアコーディオンの演奏に合わせて踊《おど》っている。揃《そろ》いの銀髪《ぎんぱつ》が暖かな色に照らされてつやつやと輝《かがや》くのは幻想《げんそう》的だった。

大人たちは少し離《はな》れた場所に椅子《いす》とテーブルを並べ、自由に歓談《かんだん》している。昼に男性陣が狩猟した鳥や野兎《のうさぎ》といった肉が、ハーブと蜂蜜を使って柔《やわ》らかく調理され、スープや串焼《くしや》きといった食事としてそれぞれのテーブルに盛られていた。

サラダクレープを口にしながら炎《ほのお》を見ていると、串焼きを片手にルカがこちらに近づいてきた。彼は日中の狩りで、魔術で見事多くの獲物《えもの》を仕留めていたようだ。それを褒《ほ》める男性陣に、あちこちで頭をぐりぐりと撫で回されていた。

「先生、隣《となり》いいですか」

「もちろんよ。ご親戚《しんせき》の皆様は？」

「みんな好き勝手に楽しんでますよ。……先生がようやく一人になったから、ちょっとお話がしたくて」

ベンチの隣に座ると、ルカは串焼きを齧《かじ》り、そして遠くを見やった。

男性陣《じん》が集まる席で、セオドア様が臣下の人々に囲まれて盛り上がっていた。

「……楽しい祭りでしょう？」

「ええ。老若男女《ろうにゃくなんにょ》、本当に楽しそう」

私が頷くと、ルカは眉を下げる。そして真面目《まじめ》な顔をして言った。

「……数年前……本当は、夏祭りは追悼《ついとう》祭に変更《へんこう》する話もあったんです」

セオドア様を見つめながら、ルカは語った。

隣国《りんごく》の襲撃《しゅうげき》により、ヘイエルダールは大きな被害《ひがい》を受けた。ちょうどそれは夏祭りを前に、ヘイエルダールの民《たみ》が集まった時期を狙《ねら》われたのだという。ゾッとする私に、ルカは淡々《たんたん》と、事実だけを口にする。

「翌年、大人たちは夏祭りを中止し追悼祭にした方が良いのでは、大々的な祭りは行わない方が良いのではという話になっていました。……でも、セオドア様は例年通りの夏祭りの実施《じっし》を決定しました。反発もありました。……けれど、セオドア様は言いました。命を賭《と》してこの辺境伯《へんきょうはく》領を守ってくれた人々のためにも、先祖のためにも笑顔《えがお》で祭りを続け、しぶとくここで自分たちは生き続けているのだと示したい、と」

炎のゆらめきが、ルカの顔を照らす。その横顔に魅入《みい》られながら、私は耳を傾《かたむ》ける。

「結果的に領主父様の判断は成功しました。明るい祭りを続けることにより、ヘイエルダールの絆《きずな》は増し、決して隣国にも、王国にも屈《くっ》しない土地であり続けようと、みんなの気持ちが一つになったんです」

「王国にも……？　王国は、ヘイエルダールの味方ではないの？」

「ヘイエルダール辺境伯領を守るという名目で、何度か分割《ぶんかつ》の話も出ていました。力が強大になりすぎないようにしたかったのでしょう」

「……そうね。確かに、完全な味方とは言えないわね……」

ヘイエルダール辺境伯領は元は王国とは別の小国。領民の帰属意識は王国ではなくヘイエルダールにある。王国としても睨《にら》みをきかせているのだろう。

「まあ、領主父様は陰謀《いんぼう》には屈しない方ですがね。今では魔石《ませき》輸出のつながりで、隣国とも王国とも違う、東の魔術教国と友好関係にありますし」

「まあ。立ち回りがお上手なのね」

「自慢《じまん》の領主父様なので」

ルカが自慢げに唇《くちびる》の端《はし》を吊《つ》り上げる。そのやんちゃな表情に、私も微笑《ほほえ》む。

「あ、領主父様が来ましたよ。僕はそろそろ行きますね」

「一緒《いっしょ》じゃなくていいの？」

ルカは歯を見せて笑う。

「僕がここにいたのは、領主父様が落ち着いて歓談できるようにですよ。クロエ先生が一人だと、領主父様はそわそわするから」

「えっ」

「では、失礼します」

私の返事を待たずに、ルカは立ち上がってさっと去っていく。

入れ替《か》わりにセオドア様がやってきた。ルカを見送り、セオドア様が首を傾《かし》げる。

「何があった？　……ルカはどうしたんだ？」

「私と少し話したかったそうです。祭りについて色々教えてくださいました」

「そうか。あの子も懐《なつ》いているからな、クロエに」

セオドア様はルカの消えた方向を見て、微笑ましそうに言う。

「君はどうだい？　楽しめているだろうか」

「はい。……私は……人生で今、一番幸福かもしれません」

篝火の炎を見つめながら、私はつぶやく。セオドア様の顔を見ながらではとても言えなかった。

「ノエルお兄さまもサイモンも元気で……セオドア様も一緒にいてくださって……幸せすぎて、甘えてしまいそうで怖《こわ》いです」

「君は私にとって家族同然だ。……シロツメクサの刺繍《ししゅう》の意味はもう聞いただろう？」

「ですが……」

「私は君の幸せのためなら、なんだってやれるよ……クロエ」

セオドア様のまなざしが篝火を反射して綺麗《きれい》だ。その顔を見ているとふいに、先日垣間《かいま》見《み》てしまったセオドア様とサイモンの姿を思い出す。

「……」

「どうした、クロエ」

「セオドア様……お願いがあります」

背筋を伸《の》ばしセオドア様を見上げ、私は尋《たず》ねた。

「私も元気になりました。社交の場にも出られるようになって。なので私に関することは……できれば、隠《かく》し事はしないでいただけると嬉《うれ》しいです。きちんと自分の置かれた身の上と向き合って、これからのことを決めていきたいんです」

セオドア様の顔が真面目になる。私は言葉を続けた。

「しっかり休養の時間をいただいたので、私はどんなことにも向き合っていける気力が戻《もど》りました。……私は、そろそろマクルージュ侯爵《こうしゃく》の娘《むすめ》としての振《ふ》る舞《ま》いを意識していきたいんです」

私の言葉にセオドア様は、少し驚《おどろ》いた顔をして、そしてしっかりと頷いた。

「承知した。……君の身の上に関する話があれば、必ず君に話そう」

「ありがとうございます」

その言葉を信じて……私は意を決して、祭りの初日に見たものについて話した。セオドア様の寝室《しんしつ》の隣、私的な書斎《しょさい》でサイモンと二人会話している姿を見てしまったことを。

「サイモンとお二人で話していたということは……私や、旧マクルージュ侯爵領にかかわることではありませんか？　……サイモンの助力を得ながらではありますが、私も領地管理にはかかわっていた責任があります。問題が起きているのであれば、私にもお聞かせください。……今日ではなくて、祭りが終わった後にでも」

セオドア様は、感情の読めない眼差《まなざ》しで私をじっと見つめている。

差し出がましかっただろうか、小賢《こざか》しかっただろうかと、口を出してしまったことを後《こう》悔《かい》しそうになる。

それでも、私は引き下がりたくなかった。

「やはり……教えてはもらえませんでしょうか」

「……いや、これは私の勝手な思いだな。君に嫌《いや》な話をしたくないと思ってしまうのは」

セオドア様は肩《かた》をすくめて自嘲《じちょう》するように笑う。

「やはり、君をのけものにするのは良くない。君を侮《あなど》っていたストレリツィと同じになる」

そして真面目な顔をして、セオドア様は続けた。

「まだ不確定な話だし、色々とショックが強いかもしれない。だからもう少し、状況《じょうきょう》が整理できてから話すつもりだった。……後日改めて、私がサイモンと何を話していたのか伝える場を設けて良いだろうか」

「はい。……お願いします」

深呼吸をして、笑顔を作って優《やさ》しい元婚約者《こんやくしゃ》を見つめた。

「私は、マクルージュ侯爵夫妻の娘です。どんな運命からも、逃《に》げません」

「頼《たの》もしいな。……それでこそ、クロエだ」

「ディエゴ・ストレリツィは気づいておりません。宮廷《きゅうてい》議会シーズン中はずっと紳士《しんし》クラブに入り浸《びた》って遊んでいるようですので、早くともあと二週間はかかるかと」

「姉は？　彼の姉は常識的な貴族夫人だっただろう、彼女は気づいているのでは？」

「はい。最近の領地管理の手紙は全《すべ》て代行として彼女の名前が記載《きさい》されています。ディエゴにも緊急《きんきゅう》の手紙を送っているでしょうが、まあ……読んでいないのでしょうな」

ディエゴに対する昏《くら》い怒《いか》りの感情を抑《おさ》えながら、セオドアは書斎の片隅《かたすみ》に置いた魔石鏡へと目を向ける。アメジストに似た巨大《きょだい》な魔石を薄切《うすぎ》りにして鏡面加工した魔導具だ。微《び》弱《じゃく》な魔力を流すことで遠隔地《えんかくち》と対面会話ができるもので、宮廷第五魔術師隊《フィフス・メイジオーダー》副隊長であるノエルと、国境防衛の要へイエルダール辺境伯であるセオドアだからこそ利用できる特別なものだった。

魔石鏡へ、指をつ、と伸ばす。

微弱な魔力で鏡が淡《あわ》く輝《かがや》き、続いて鏡面にノエルの姿が映る。随分《ずいぶん》と眠《ねむ》たげな姿だった。

「疲《つか》れているようだな」

「まあな」

あくびをかみ殺しながらノエルは答える。

「古い資料をあたったり、あちこち証拠《しょうこ》集めに奔走《ほんそう》したりしてたもんでな。ディエゴの奴《やつ》を追い詰《つ》めるには十分なもんが手に入りそうだ。そっちはどうだ？」

「ディエゴに動きはない。これまでのクロエの働きのおかげで、領地にまだ意識が向いていないらしい。もうしばらくはこちらも準備に時間が使えそうだ」

「クロエをさんざんこき使いやがったおかげで、かえって領地への無関心につながってくれてるのは、都合がいいがなんつーか腹立つな……」

「とにかく今は、あちらの出方を待とう。罠《わな》に気づけば必ずクロエの捜索《そうさく》をし、いずれこちらに接触《せっしょく》してくるはずだ。そこでマクルージュ側に有利な状況に持ち込む」

ノエルは目を眇《すが》めて笑う。

「ったく、『気の優しい子だから辺境伯に向いていない』なんて心配してた、お前の親父《おやじ》さんに見せてやりたいよ。今のお前を」

冗談《じょうだん》を言いながらも、ノエルはすぐに表情を暗くする。

「……このまま、クロエのあずかり知らぬところで全てを解決できたらいいんだがな」

セオドアは妹思いのノエルの顔を見て考える。彼はおそらく妹に打ち明けることに反対するだろう。自分もしばらく前までは同じ思いだったから気持ちは分かる。

「私もそう思っていたんだがな。ノエル。……クロエは強いよ」

ノエルは碧《みどり》の双眸《そうぼう》を瞬《また》かせる。セオドアは机で手を組み、クロエを思いながら言った。

「ずっと……クロエは守るべき女の子だ、守らなくては壊《こわ》れてしまう少女だと思っていた。けれど……彼女は強いよ。私の方がむしろ、彼女に鼓舞《こぶ》されているくらいだ」

「セオドア……」

「ストレリツィ侯爵家で静かに戦い続けてきたクロエの強さを、私たちももう少し信じてもいいと思うんだ。彼女なら立ち向かえるよ」

「……」

ノエルは複雑そうな顔で口をつぐんだ。兄として心配する感情がありありと出ている。これ以上は無理に言う必要はないと思っていると、ノエルはセオドアを見てふっと笑った。

「セオドア、お前も変わったな」

「変わった……？」

「クロエがそっちに行ってから。顔がどんどん柔《やわ》らかくなってる」

「しまりがなくなっているだろうか」

思わず片手で口元を覆《おお》い、顔を隠す。旧知の男は眉《まゆ》を下げて首を横に振った。

「違《ちが》うよ。……クロエが、お前を幸せにしてるんだなと思っただけさ……。肩肘《かたひじ》張って張り詰めた顔しかしていなかったお前が、どっしりと構えてディエゴを迎《むか》え撃《う》てるようにな

っている。……クロエがそれだけお前を支えてやってるんだろうな」

ノエルが目を細くし、遠くを見るような顔をした。

「そうだな。守ってやりたいとばかり思っていたが……あいつも一八だもんな」

「ええ」

サイモンも頷《うなず》く。セオドアは月を見た。

クロエの金髪《きんぱつ》と同じ色をした月は皓々《こうこう》と輝いて美しかった。


ディエゴはたっぷりと王都の社交シーズンを楽しんだのち、領地に帰ってきた。

屋敷《やしき》には既《すで》に忌々《いまいま》しいマクルージュの娘はいない。

ついにのびのびとできる屋敷でディエゴを出迎《でむか》えたのは、顔を真っ赤にして仁王立《におうだ》ちになった姉キャシーだった。

「ね、姉さん」

その顔色に色々と考える。

離婚《りこん》した旨《むね》の手紙は、クロエが出していたはずだ。命じてはいないが、クロエの立場なら出しているだろう。手紙を見て社交シーズン明けに、ここにきたのだろうか。

「やあ姉さん。一体ど」

「どうもこうもないわよ。早く執務室《しつむ》に来なさい」

大股《おおまた》で部屋に入っていく姉の姿にあっけに取られてしまう。

家の中は気がつけば想像よりずっとこざっぱりとしていた。物が少ない。知らない顔の使用人が何人かいる。姉の背中に尋《たず》ねた。

「待てよ、姉さん、いつからこの屋敷にいるんだ」

「もう一ヶ月にはなるわ」

「一ヶ月!? おいおい、もしかして屋敷の管理は姉さんが口出ししてるのか」

「当然じゃない！　あのオーエンナって愛人に屋敷の管理なんてできるわけないでしょう!?」

立ち止まったキャシーは振《ふ》り返り、甲高《かんだか》い声で怒鳴《どな》る。

「オーエンナは別邸《べってい》に籠《こ》もりっぱなし、置かれた執事《しつじ》も呆《あき》れるほど役立たず。使用人の管理も領地の管理も、もう……ううん、もはやそういうことはどうだっていいくらい、非常事態なのよ！　何度手紙を送っても帰って来ないいんだから、あなたって」

ディエゴは冷や汗《あせ》をかいた。

これまで社交シーズンに長く屋敷をあけるときは、全てのことをクロエに任せっきりにしていた。それが当然だったし、質問や相談の手紙が来ても全て無視し、領地に帰ってきてから手紙を送ってきたことをなじっていた。

こっちは大切な仕事をやっている。そんな時に領地のことで連絡《れんらく》をするな、と。

ディエゴは勝手に、全てのことはクロエか、クロエでわからないことは家令がすませてくれていると思っていた。

だから、留守を守る使用人さえいれば、学も教養もないオーエンナ一人でも十分家政を取り仕切ることができると考えていたのだが、見通しが甘かったらしい。

――もしかして離婚の手紙も。

冷や汗が、背中を流れた。

キャシーによって整えられたらしい執務室に入ると、キャシーは視線で応接テーブルを指す。ディエゴが座ると、キャシーは執事に命じて分厚い書類の束を次々に持って来させた。

「お、おい一体何を」

「説明するから、まず黙《だま》っていて」

俺が家長なのに、既に嫁《とつ》いだお前が出しゃばるなよ。そんな言葉が口をついて出そうになるが、おいそれと口に出せない気迫《きはく》がキャシーにあった。

血走った目で、キャシーは低い声で告げた。

「あなた。このままじゃストレリツィ侯爵領《こうしゃくりょう》は破産、最悪爵位返上になるわ」

――小一時間後。

執務室には顔を真っ赤にしたキャシーと、血の気が引いたディエゴがいた。

「……わかった？　うちは絶対援助《えんじょ》しないからね。あなたが何とかしなさいよ」

ディエゴはただぐっと押し黙って口を閉《と》ざした。今、この姉さえも失ってしまったらディエゴには誰《だれ》も頼《たよ》る相手がいない。

テーブルに置かれた両手は色が変わるほど固く握《にぎ》り締《し》められ、手汗がじっとりと天板を濡《ぬ》らしている。

姉弟《きょうだい》のそばでは深く頭を下げたまま顔をあげられない執事の姿があった。

ディエゴは苛立《いらだ》ちを書面へと向ける。

「冗談だろ……？　こんなこと一度も聞いていなかったぞ……誰のせいだ……そうだ、あの元執事のサイモンとかいうジジイが……」

「誰のせいって、一番はあなたのせいよ」

キャシーは罵《ののし》った。

「あなたがちゃんと契約《けいやく》書に目を通していないから……サインだけ適当にやってるからこうなるのよ！」

あの無口な元家令とクロエの顔を思い出し、ディエゴは歯噛《はが》みする。

五年の歳月の間に、クロエは家政も領地の管理も、サイモンの手を借りながら全部行うようになっていた。ディエゴにとって二人は「マクルージュの財産を得るために押し付けられたモノ」でしかない。モノならせめて有益に働けと、ディエゴは一つも文句を言わず仕事を全《まっと》うする二人に任せきりだったのだ。

そもそも結婚した当初は、ディエゴもストレリツィ侯爵位を相続したばかりの頃《ころ》。なにかと忙《いそが》しいことが多く、両方の領地の管理などとてもできなかった。クロエとサイモンはディエゴにとって都合がいい存在だった。

ただ黙って粛々《しゅくしゅく》と言いつけに従うクロエという女は、五年の歳月の恨《うら》み言を言うどころか感謝の言葉を口にして、土地も財産もほとんど持たず、身ひとつで離婚に承諾《しょうだく》し家を後にした。そういう女だったから、都合よく消えて行くのも当然だと思っていた。

──それが罠《わな》だったのだ。

執事が淹《い》れたコーヒーを飲もうと、コーヒーカップを手に取る。ガタガタと、指が震《ふる》えてソーサーにシミを落とした。

「してやられたわね、ディエゴ」

キャシーが低い声で呟《つぶや》く。

「そもそもおかしい話だったのよ。ストレリツィ侯爵家と長年、領境問題や治水問題で揉《も》めていたマクルージュ侯爵家の人間が、『五年白い結婚を続けたら領地を全部あげる』なんて都合のいいこと、言うわけなかったのよ……」

あの時は、魔術師《まじゅつし》として徴兵《ちょうへい》されたからには出世したい、出世するためには領地は逆に邪魔《じゃま》になる、といったニュアンスを匂《にお》わせていたノエルを思い出す。

あの当時ノエルはまだ一七歳ほどの若造だった。

あれがこんなことを考えていたなんて。情勢のごたごたついでにマクルージュ侯爵夫妻さえいなくなれば、幼い兄妹《きょうだい》からなど、こちらの思いのままに搾取《さくしゅ》できると父は言っていたはずだ。

肝心《かんじん》の父はもういない。ディエゴは主《あるじ》として自分で考えなければならない。

「どうするのよ。財産分与《ぶんよ》の書類にも離婚手続きの書類にもサインしたのはあなたよ。私はどう頑張《がんば》っても手伝えない。このままじゃストレリツィ侯爵家は破産するしかないわ」

「助けてくれないのか」

「冗談《じょうだん》じゃないわ、私はもう嫁いだ身よ。あなたがなんとかしなさいよ」

キャシーは立ち上がり、ぷりぷりと怒《おこ》ったまま部屋から出て行ってしまった。

残されたディエゴは一人、頭を抱《かか》えた。

一方オーエンナは、別邸の庭で椅子《いす》にもたれてぼんやりと昼間から酒を嗜《たしな》んでいた。酌《しゃく》婦《ふ》だった頃の名残《なごり》で、オーエンナには酒を手放せないところがある。

そんな彼女の別邸に馬がやってくる。

乱雑に馬を乗り捨て、ずかずかとやってきたのはディエゴだ。久しぶりの夫の帰宅に、オーエンナはぱっと表情を明るくする。

「お帰りなさいディエゴ。中央はどうだったの？　私を本妻にする話は……」

「それどころじゃない！」

突然《とつぜん》の罵声《ばせい》を浴びせられ、ギョッとするオーエンナ。

奥から娘《むすめ》のアンも出てきた。

「はあ!?　いきなり怒鳴りつけてなんなのよあんた！」

「ったく、どうしようもなくなっちまったんだよ!!」

「なんなのよ!!」

「今から説明するから待てよ！　とりあえず酒だ、酒！」

オーエンナと怒鳴り合いながら、ディエゴはアンにグラスを持って来させる。

ガーデンテーブルに蒸留酒のロックを用意すると、ディエゴは一息に呷《あお》る。

そして頭を抱え、あああ、と呻《うめ》いた。

「クロエを捜《さが》さなければならなくなった」

「クロエ？　あの子を？」

ディエゴはオーエンナに事情を話した。オーエンナは青ざめた。

「ちょっとそれ、大変じゃない」

「ああ！　だから大変だって言ってるだろう⁉　なあオーエンナ。お前は知らないか、クロエがどこに行ったのか」

「馬鹿《ばか》ね。あたしが知ってたらとっくにあんたの姉に言ってるわよ」

「だよなあ……」

ディエゴは頭を抱える。オーエンナとアンは顔を見合わせた。

「あの子が行く場所、ねえ」

全くわからない。思いながらオーエンナは酒を飲む。オーエンナはクロエがあまり好きではなかった。別邸《べってい》の管理をしにくるという名目でこっそりと訪《おとず》れては、アンに読み書きや計算を教えていたからだ。せっかく貴族の息女になったというのに、賢《さか》しい女になれば、地味で愛想《あいそ》が悪い娘の良縁《りょうえん》に障《さわ》るとオーエンナは危惧《きぐ》していたのだ。

「お父さんもお母さんも、とにかくお水を飲んで……」

二人のグラスに水を注ぐアンを見て、オーエンナは尋《たず》ねる。

「ちょっとアン。あんた、あの女と仲良かったじゃない。クロエが行きそうな場所わからないの」

「……そう言われても、しばらく会わせてくれなかったじゃない……私は知らないわよ」

アンは逃《に》げるように去っていく。ディエゴは舌打ちした。

「情報がなさすぎる。……というかキャシーから聞いたぞ、オーエンナお前、ちっとも女主人としての役目を果たしてないらしいじゃないか」

「だってわからないもの。仕方ないわよ。それに本妻じゃないし」

オーエンナは嫌味《いやみ》を込めて口にする。ディエゴは舌打ちした。

「たかがクロエのやっていた管理程度、執事《しつじ》の力も借りればお前だってできるに決まってるだろう。ったく……」

「はあ？　平民のあたしを本妻にするんだから、執事まで躾《しつ》けとくのが領主の義務でしょうが」

「なんだと……ッ!?」

気色ばむディエゴを前にしても、オーエンナはぎろりと強気ににらみ返す。

「そもそも平民で酌婦で正式な嫁《よめ》でもないあたしに頼るんじゃないわよ。文字だってろくに書けないのよ、こっちは。あんたが考えなさいよ、領主なんでしょ？　頼りにしてんだから」

「ッ……」

オーエンナの正論から逃《のが》れるように、ディエゴはもう一度アンを呼びつける。

「おい、アン。お前は多少賢《かしこ》いんだから、少しは考えろ」

「え……いきなり言われても」

困惑《こんわく》するアンの前で、オーエンナは手をパンと叩《たた》いて目を輝《かがや》かせた。

「そうだわ、アン！　女主人としての仕事をキャシーお姉様に教えてもらいなさい」

「わ、私が？」

「何のためにあんたは読み書きと計算を習ったの。お貴族様として頑張るためでしょうが」

「……そ、そうだけど……」

「手続きのよくわかんないものの整理とか、色々やりながら、とにかくクロエの居場所を突《つ》き止めるのよ。手紙の相手やなんやから、わかることもあるだろうから」

「わかったわ……お父様、私が手伝います」

「なんだ、全《すべ》て解決ね。うふふ、じゃあ私は寝《ね》るわよ」

オーエンナは大きく伸《の》びをして、部屋の奥へと去っていく。ディエゴはため息をついた。

「……この十年ですっかり大食《おおぐ》らいの大酒飲みの女になりやがって……ったく、金ばっかりかかる女だ」

貴族令嬢《れいじょう》にはない強気と大胆《だいたん》さが気に入って、ディエゴはオーエンナを愛人にしていた。

しかしこうなってしまえば、もはや後悔《こうかい》しかないと感じていた。


それから数日。

クロエ捜索《そうさく》に難航して、ストレリツィ家は親戚《しんせき》を巻き込んで大変な状況《じょうきょう》になっていた。ようやく焦《あせ》り始めたディエゴはなんとかしてクロエとの離婚《りこん》を破棄《はき》できないか王都に向かい、キャシーは当面の領地管理と金策に追われていた。

「大変ねえ、お貴族様っていうのは」

「お母さんも他人事《ひとごと》じゃないでしょ……」

アンが呆《あき》れた声を出す。

オーエンナは女主人としての仕事を覚えるつもりもなければ、覚えられるとも思っていなかった。それでも罪悪感の一欠片《ひとかけら》もない。自分という酌婦を独《ひと》り占《じ》めできるようになったのだから、それだけでディエゴは幸運なのだ。オーエンナは非常に自己肯定感《こうていかん》の高い女だった。

持ち前の勢いだけで、一時期こそ本邸で暮らしていたオーエンナだったが、結局キャシーから邪魔だと追い出され、喧嘩《けんか》になり、ディエゴの仲介《ちゅうかい》により渋々《しぶしぶ》別邸に戻《もど》ることになった。しかしその生活も以前通りには行かなくなった。家計管理をするようになったキャシーがオーエンナの生活費を出し渋り始めたのだ。

オーエンナは居間にて、昔買ってもらった宝石を眺《なが》めながらぼんやりと言う。

「ったく、貴族様なんだから金なんていくらでもあるでしょうに、ケチなんだから。あの小娘《こむすめ》がいた頃《ころ》はよかったわぁ、飲んだこともない傑作《けっさく》のワイン、何本も飲めたのに」

「……前の暮らしの方がおかしかったのよ……」

アンは部屋を片付けながらため息をつき、掃除《そうじ》で出たゴミを捨てに焼却炉《しょうきゃくろ》へと向かった。

別邸の使用人の数も減らされているので、その分娘のアンが働いてくれていた。

オーエンナは娘の後ろ姿を見送りながらソファに沈《しず》む。

「しっかし、このまま本妻にしてくれないとなると話が違《ちが》うわ。アンを侯爵令嬢《こうしゃく》にしてくれると思ってここにいるのに、このままじゃ飼い殺しになりそう」

オーエンナともディエゴとも違い、アンは根が真面目《まじめ》な娘だった。着飾《きかざ》ることを求めず、平民の子どものように手に職をつけたがる妙《みょう》な娘。もう一二歳だからそろそろ社交界なるものに出して貴族との良縁に巡《めぐ》り合わせたいというのに、ディエゴを待っているとそのまま行き遅《おく》れになりそうだ。

「ったく、なんとかならないかしらね……」

そうは言ってもオーエンナに特に良策は浮《う》かばない。なんとかなるわね、と思ってまどろんでいると、掃除を終えたアンが戻ってきた。

「お母さん、また昼間っから寝るつもりなの」

「酌婦《しゃくふ》友達が遊びに来たばっかりでしょ？　あれから昼間は眠《ねむ》くて眠くて」

「もー……」

アンはため息をつくと、居間の端《はし》に設けられたテーブルに手紙を並べる。アンはキャシーに頼《たの》まれて、毎日あちこちから届く書類の仕分けと内容確認《かくにん》を行っていた。見るからに宮廷《きゅうてい》や裁判所から届いているとわかる紅の封蠟《ふうろう》のもの以外は、キャシーだけではとても捌《さば》き切れないらしい。

誰《だれ》に似たのか、アンはてきぱきと手紙を読んでは仕分けをしていく。ぶつぶつと言う独り言を、オーエンナはまどろみながら聞いていた。

「ええと、これはマクルージュ領からの嘆願書《たんがんしょ》……。こっちは、鉱山管理について……、これは……やだなあ、ディエゴお父様の飲み代の督促状《とくそくじょう》じゃない」

アンは一通一通封を開け、中身を確認しては分けている。

「……え………」

沈黙《ちんもく》が続き、オーエンナはすっかり眠りに落ちる。

しばらくして血相を変えたアンに揺《ゆ》り起こされ、オーエンナは眉《まゆ》を顰《ひそ》めた。

「何よ、どうしたのよ？　あたしは何も読めないわよ？」

アンは震《ふる》える手で封筒《ふうとう》を握《にぎ》っていた。それには蜂蜜《はちみつ》色に輝く封蠟がなされている。

「これ……クロエ様の執事さんの手紙なの……」

「なんですって？」

オーエンナも身を起こす。アンは文字を読めない母に、手紙の内容を口頭で説明した。内容に関しては「解雇《かいこ》された後に何か処理に困ることがあれば、裁判所を通じて相談してほしい」という事実のみが書かれたシンプルなものだ。

「手紙自体は、職を辞した使用人が離職《りしょく》後しばらくして元雇用主《こよう》に送る定型の手紙でしかないの。あのね、これ王都からの消印の手紙なんだけど……」

「あら、それならサイモンは王都にいるの？」

「ううん、王都の公証人事務所を通して送られているから、ここにはいないと思う。でも……サイモンさんからこれまで届いた手紙の、届くまでの日数や……公証人事務所の確認印などの日付を見てるとね……もしかしたら、どこからサイモンさんが送っているのかわかったかもしれなくて」

アンが具体的に推理の内容を説明しようとする。オーエンナはそれを遮《さえぎ》った。

「あーあー、何言ってもわかんないから説明はいいわ。結論だけ教えて。とにかく、サイモンがいる場所がわかったのね？」

「うん。多分合ってると思う。……どうしよう。これ、キャシー様に言った方がいいよね？　で、でも間違《まちが》ってたら……でも……」

あたふたする娘《むすめ》の前で、オーエンナは考える。

その間三秒――。次の瞬間《しゅんかん》、大声で笑ってアンの背中をバシッと叩いた。

「いっっ……！　お、お母さん!?」

「よぉくやったわ！　アン！　行くわよッ！　クロエがいる場所に!!」

「え、……ええええ!?」

話が全く呑《の》み込めないまま、目を白黒させるアン。

「間違ってたら悪いから確かめに行くだけよ！　なんら問題はないわ！　ふふふ！」

立ち上がったオーエンナに、アンは声を裏返す。

「お、お母さん……！　一度相談した方が」

「何言ってるの、アン。いい？　ディエゴやらキャシーやらが困ってんのは、クロエがいないからでしょ？」

「う、うん」

「でもクロエがそのまま戻ってきたら、あたしたちはどうなると思う？」

アンは一瞬ぽかんとして……そして青ざめて口を覆《おお》った。

オーエンナは頷《うなず》いた。

「あたしたちはお役御免《やくごめん》にされるかもしれないわ。たまったもんじゃないわよ。今のうちに乗り込んで、あんたが女主人としての仕事を引き継《つ》いでもらうのよ！　なんならあんたが慣れるまで、しばらく旅行ってのもいいかもね～！」

「で、でも旅費もお父さんに出してもらうんだし」

「遠慮《えんりょ》してどうするのよ。そもそもあっちの都合に振《ふ》り回されてこっちは迷惑《めいわく》してるんだから、ちょっとくらい楽しんじゃってもいいじゃない。なぁにが『クロエを追い出したらお前が本妻だ』よ。面倒事《めんどうごと》だけが増えて、本妻の約束だって反故《ほご》にされてるような状態なのに落ち着いていられるもんですか」

「で、でも」

「あーだこーだ考えても仕方ないのよ、アン。思い立ったが吉日《きちじつ》よ！」

オーエンナはその場で動向を見守っていた使用人を振り返る。

「ほら使用人！　さっさと馬車を用意なさい！　汽車の時間も調べて頂戴《ちょうだい》！」

「は、はい！」

オーエンナの心は決まった。アンはあっけに取られていたが、そのままはあ、とため息をついた。

「……もお……どうなっても、知らないんだから……」

オーエンナはいきり立った。このままじゃ夫の思惑《おもわく》に振り回されて人生が終わってしまう。ならばとにかく、行動あるのみだと。

第三章　過去の清算と決着

夏祭りも終わり、再びヘイエルダールに日常が訪《おとず》れた。夏でも涼《すず》しい風が山から吹《ふ》きおろすこの土地では、長袖《ながそで》の薄《うす》いブラウスでも十分快適に過ごすことができた。

「先生おはようございます。今日もよろしくお願いいたします」

満点の辞儀《じぎ》をして、マリアロゼは得意げに微笑《ほほえ》む。彼女はますます成長した。両親との時間を経て、ますます『立派なレディになりたい』憧《あこが》れが強くなったらしい。お作法もお勉強も、刺繍《ししゅう》も、以前より一層夢中になって取り組むようになった——もちろん、追いかけっこや木登り、かくれんぼといったおてんばなのは相変わらずだったけれど、それもまた彼女らしいと思う。

ルカは魔術《まじゅつ》学校の書類選考合格通知書を私に喜んで見せてくれた。たった数ヶ月のうちに彼も背が少し高くなった。

私はお昼寝《ひるね》をするマリアロゼを眺めながら、ナニーメイドと囁《ささや》き声で話す。

「子どもってすごいわね……あっという間に成長するのだから」

「何をおっしゃいます。クロエ様もまだ一〇代ではないですか。これからですよ」

「これから、ね……」

部屋に設けられた飾《かざ》り鏡に移る自分の姿を見て、私は思う。たった数ヶ月前、乾燥《かんそう》して土気色だった肌《はだ》はすっかり健康的になり、筋の目立っていた手足も、随分《ずいぶん》としなやかになったように感じる。ヘイエルダールの美しい刺繍を纏うことにも慣れて、毎朝の着替えが楽しくなった。……髪《かみ》を飾るシロツメクサの刺繍が刺《さ》されたリボンも、毎日、必ず髪に編み込んでいる。健康的になると兄によく似ていると言ったのはサイモンだ。あの綺麗《きれい》な兄の妹に見えるなら、嬉《うれ》しいと思う。

「……そうだわ。お兄さまに手紙を書かないと」

私は思い立って立ち上がり、ナニーメイドにマリアロゼを任せて子ども部屋を出る。廊《ろう》下《か》を歩き、私は与《あた》えられた自室へと向かう。

その途中《とちゅう》にセオドア様がいた。

「セオドア様？」

公務途中の半端《はんぱ》な時間に会うのは珍《めずら》しい。彼は花がほころぶように微笑む。

「クロエ。これから養蜂《ようほう》場のほうに仕事に向かう。よかったら君も付いてこないか？　花畑が綺麗なんだ」

そして真面目《まじめ》な顔になる。

「二人っきりになって、先日の話をしたくてな。せっかくなら見晴らしのよいところでと思ったんだ。どうかな」

気晴らしができる場所で話をしようというセオドア様の気遣《きづか》いに、私は嬉しくなる。そして覚悟《かくご》を決めて頷こうとした。

そのとき。

「領主様、突然《とつぜん》のご訪問が……」

セオドア様が領主の顔をして従者に対応する。

ふと、廊下から天気の良い窓の下を覗《のぞ》いた時。私は思わず目を疑った。

豊かな長い黒髪《くろかみ》を誇《ほこ》るように背に下ろし、体格の良い体を惜《お》しみなく飾り立てる主張の強い女性と、隣《となり》に立つおさげの女の子。

「……オーエンナさん!?　それに、アン……!?」

思わず窓ガラスに張り付いてその名を口にする。彼女たちは堂々とヘイエルダール城の正門から侵入《しんにゅう》しているようだった。

予想外の事態に心臓がばくばくと跳《は》ねる。私は混乱していた。

「なぜここに……!?　私に用事!?　……ううん、まさか……なんで!?」

オーエンナさんはいつもの強気な眼差《まなざ》しで豪快《ごうかい》に笑い、門番の背中をばしばしと叩《たた》いていた。

波乱が始まる気配がする。胸がざわざわとする。

「クロエ。大丈夫《だいじょうぶ》か」

私は深呼吸する。過去と向かい合うと決めた。

セオドア様に、私にも秘密を作らず話してほしいと言ったばかりだ。

ここで弱っている時ではない――私は肩《かた》に触《ふ》れるセオドア様の手に手を重ね、頷いて見せた。

「私も対応します。サイモンも呼んでください」

セオドア様は少し逡巡《しゅんじゅん》した様子を見せたが、頷いた。


「……ほほほ。というわけで、娘《むすめ》ともどもしばらくご厄介《やっかい》になりたいと思っておりますの」

応接間にて大胆不敵《だいたん》に滞在《たいざい》を宣言するのは、懐《なつ》かしいディエゴ・ストレリツィの愛人オーエンナさんだ。

彼女は相変わらず派手で、長い黒髪に、豊満な体を強調するシンプルなドレスを纏っている。スリットが深く入ったスカートで足を組むものだから、艶《なまめ》かしい足が大胆にさらけ出されていて、壁際《かべぎわ》に待機する護衛騎士《きし》が目を白黒させている。色気に釘付《くぎづ》けというよりも、未《いま》だかつて見たことのない部類の女性に、驚《おどろ》いているといった様子だ。

そんな彼女の隣には、顔に「ごめんなさい」と書かんばかりに蒼白《そうはく》になっている娘のアン。長い黒髪をおさげにまとめ、視線を彷徨《さまよ》わせる垂れ目の顔立ちは、茶色の瞳《ひとみ》も含《ふく》め、あのディエゴの面影《おもかげ》がある。態度も性格も、全く二人には似ていないけれど。

私はセオドア様に「無理に出なくてもいい」と言われていたけれど、元ストレリツィ侯《こう》爵《しゃく》夫人として、そしてセオドア様にお世話になっているマクルージュ侯爵家の娘として任せっきりにする訳にはいかない。自分で考え、運命と向かい合っていくと決めたばかりなのだから。

私はセオドア様の隣、背後にサイモンが控えている状態で、オーエンナさんとアンに対《たい》峙《じ》していた。

オーエンナさんは滞在理由として、ストレリツィ侯爵家で行っていた女主人としての仕事を娘に引き継《つ》いでほしいということを説明してきた。

「なんならクロエ様がストレリツィ侯爵家に戻《もど》ってきてくれて直接片付けて帰ってくれても良いんですが、ねえ？　まずは旅の疲《つか》れも取りたいですし」

オーエンナさんが高笑いする。隣のアンはいたたまれない顔で固まっている。

セオドア様が領主の顔をして頷《うなず》いた。

「……なるほど、仔細《しさい》は理解した。領地管理の仕事についての引継ぎのための訪問とのことでよろしいか？」

「ええ、間違《まちが》いないわ」

「それではオーエンナ・ストレリツィ侯爵夫人とアン・ストレリツィ侯爵令嬢《れいじょう》は城近くの迎賓館《げいひんかん》に案内しよう。滞在する間はそこで過ごすと良い」

セオドア様は目配せして、従者に要件を筆記させる。従者は滞在理由と条件が間違いないか、母娘《おやこ》に書面で改めて確認《かくにん》させた。書面を確認し、アンが深く頭を下げる。

「ありがとうございます……！　本当に突然押しかけたにもかかわらず……！」

隣のオーエンナさんは応接間のあちこちを眺《なが》めて楽しんでいる様子だ。当事者だというのに他人事《ひとごと》のようだ。

セオドア様が冷淡《れいたん》な態度で口を開いた。

「訪問理由は把握《はあく》した。しかしマクルージュ侯爵令嬢はもう既《すで》に我が娘の専属教師だ。彼女との面会の時間は、こちらの要望に従ってもらう」

「ああ、なんでもいいですよ。その間はもちろん、迎賓館でゆっくりしていて構わないのですよね？」

「警備の手も足りないため、一歩でもオーエンナ殿《どの》が屋敷《やしき》から出れば安全は保障できないが、構わないか」

セオドア様の命令であることを隠《かく》さない口調にも、オーエンナさんは大様《おおよう》に笑う。

「どこだってうろつく気はありませんから安心してください。娘はいつでもお貸ししますので、なんだってやらせてください。勉強ですので」

オーエンナさんは顔面蒼白のアンの背中を叩き、アンはますます肩を縮こまらせた。ストレリツィ侯爵家に嫁《とつ》いでいた頃《ころ》の自分を思い出して、私はいたたまれない。

その場にいる従者もメイドも、顔には出さないものの呆《あき》れている様子だった。


迎賓館にオーエンナさんとアンが去っていったのち、私はセオドア様に向き直った。

「あの、申し訳ありま……」

「すまなかった」

食い気味に、セオドア様が私に謝罪する。そして私の方へ手を伸《の》ばそうとして——そのまま、ぎゅっと拳《こぶし》を握《にぎ》りしめる。

「すまない。辛《つら》い過去を思い出させてしまって。……ここでは、苦労をかけないと誓《ちか》っていたというのに」

「……大丈夫ですよ、セオドア様。ほら、手だって震《ふる》えておりません」

少しためらったけれど、私はセオドア様の握りしめた拳に手を触れた。こちらから触れたのに驚いたのだろう、目を見開くセオドア様の顔を覗き込み、私は努めて明るく微笑《ほほえ》んでみせた。

「決めたではありませんか。私は自分にかかわる事情とは向き合っていくと。……安心してください、辛い時はちゃんと頼《たよ》らせていただきますので」

「ありがとう。慰《なぐさ》められてしまったな、君に」

セオドア様がふっと肩の力を緩《ゆる》める。

そこに、気《き》を利かせたサイモンが控《ひか》えめな音を立ててワゴンを持ってきた。蜂蜜《はちみつ》がかけられたハート形のチーズケーキとつみたてのベリー、ほっとする丸みを帯びた陶器《とうき》のティーセットがテーブルに並ぶ。

「ひとまず甘いものを食べて落ち着きましょう。作戦会議はそれからです」

私たちはそれから無言で、小ぶりの小さなチーズケーキと濃《こ》い目に淹《い》れられた紅茶を口にする。甘さと苦さの刺激《しげき》に、心が整っていくのを感じる。

気持ちがほぐれたところで、私は先ほどオーエンナさんが座っていた席を見つめた。

「しかし彼女はなぜ来たのでしょう。ここにいることなんて、誰《だれ》にも伝えていなかったのに」

「おそらく手紙の消印や日数から計算したのでしょう。……オーエンナ様でなければ、あの娘《こ》が」

「アンならできるかもしれないわね。とても頭の良い子だから。でもどうして二人で来たのかしら？　ディエゴは知っているのかしら……」

首を傾《かし》げる私に向かって、セオドア様が説明を引き継ぐ。

「あの様子ならおそらくディエゴに伝えていないだろう。伝えているのなら、おそらくディエゴも一緒《いっしょ》に押しかけてきている」

そしてセオドア様は言葉を切り、深呼吸をして話を切り出した。

「クロエ。決着をつける時がもうすぐ訪《おとず》れる」

セオドア様の強い眼差《まなざ》しと、不気味なほど静まり返ったサイモン。二人の覚悟《かくご》を感じて、私はぶるりと震える。直感した——これは、マクルージュ侯爵家に関《かか》わることなのだと。

「予定通り、今夜クロエに全《すべ》てを話す。私とサイモン、そしてノエルがやってきたこと、考えていること全てを話そう」

夜。手に明かりを持ったセオドア様自ら、私の手を取り部屋へと案内してくれた。仄暗《ほのぐら》い廊下《ろうか》を二人で歩くと、昼間よりずっと距離《きょり》が近く感じる。

「こちらの書斎《しょさい》に君を案内するのは初めてだな。少し汚《きたな》いが目を瞑《つぶ》ってくれ。人を招けるような場所でもない、本当に私の個人的な書斎なんだ」

「でもサイモンは入っていたのでしょう？」

敢《あ》えてすねるような声音《こわね》で言ってみると、セオドア様は言葉に詰まる。

「……それは、まあ……女性を入れるには恥《は》ずかしいという意味で……」

「ふふ、すみません。ちょっと子どもっぽいやきもち焼いちゃいました」

「君には敵《かな》わないな」

　セオドア様はちらりと私を見て、眉《まゆ》を下げて微笑んだ。これから始まる話は深刻な話だからあえて冗談《じょうだん》を振《ふ》る私の意図に、セオドア様は気づいてくれたようだ。

「さあ、入ろうか……幻滅《げんめつ》しないでくれるとありがたい」

　扉《とびら》を開くと、書斎独特の匂《にお》いが広がる。紙と、埃《ほこり》と、染《し》み付いているのであろう、微《かす》かなセオドア様の匂いと。書斎は執務《しつむ》室の半分以下の広さだった。

　細く奥行きのある空間で、窓辺以外、壁《かべ》一面にさまざまな本がびっしりと詰《つ》め込まれていた。日常的に読み込んだ本ばかりらしく、背表紙の色も高さもばらばらだ。本棚《ほんだな》に囲まれた壁際《かべぎわ》に位置するマホガニーの重厚《じゅうこう》な机の上には、付箋《ふせん》を挟《はさ》んで膨《ふく》らんだ書物や、紐《ひも》で綴《と》じられたたくさんの書類、資料として使っているであろう書籍《しょせき》がいくつも重なっている。

「秘密の空間という感じで素敵《すてき》ですね」

「そう言ってくれると助かるよ。座ってくれ」

　勧《すす》められた先には古めかしいソファとテーブルがあった。先日、カーテンの隙間《すきま》から見えたのは、このテーブルについたセオドア様の姿だった。

　腰《こし》を下ろしたところで、音もなくやってきたサイモンが温かな蜂蜜水を入れてくれる。マグカップを両手に持つと、夜風に冷えた体が温まる。

セオドア様は向かい側に座ると、壁にかかった大きな姿見に指を向けた。ぴりっとした魔《ま》道具独特の神経がざわつく気配がする。

「……魔道具ですか？」

「ああ」

私たちを映す姿見に指を向け、セオドア様は魔力を伝わせる。

ジジ、と虫の羽音のような音が響《ひび》いた次の瞬間《しゅんかん》。姿見が淡《あわ》く光り、中の人影《ひとかげ》が動いた。

長い金髪《きんぱつ》に抜《ぬ》けるような白い肌《はだ》をした人形のような男性は、ふわわ、と大あくびをしてこちらを見た。

「よお、お疲《つか》れさん、……って、クロエ⁉」

「ノエルお兄さま……」

「おいサイモン、セオドア。どういうことだ。クロエを巻き込むなんて聞いてねえぞ」

兄は気色ばんだ様子でセオドア様に訴《うった》える。セオドア様は、静かに兄に答えた。

「今日オーエンナがやってきた」

「……ッ……！」

「我々《われわれ》の計画を、クロエにも話す頃合《ころあ》いだろう。彼女にも知る権利がある」

「だが……」

「お兄さま。私を巻き込みたくないのはわかるわ。……でも」

私は鏡に向かい、兄に背筋を伸ばして訴える。

「お兄さまが……私を守れなかったって、後悔《こうかい》しているのと同じように、私も後悔していたの。ずっとお兄さまに守られるだけだったことを」

「クロエ……？」

「私だってお兄さまを守りたかった。私には弱音を絶対吐《は》かないけれど、お兄さまが……宮廷でたった一人で、大変だったことくらいわかるわよ。だってお兄さま、痛かったり辛かったりする時ほど、笑って隠《かく》しちゃう人だったもの。今もでしょう？」

兄は顔を曇《くも》らせる。わかっていた。兄が妹である自分に対しては、強くて明るい、太陽のような存在でありたがっていることを。

けれどもう、私も何も知らない子どもではない——嫌《いや》がられても、兄に踏《ふ》み込みたいと思った。

「お兄さま。私も仲間に入れてください。私だって強くなったのよ？　五年間いろいろあったわ……あの家で、たくさん鍛《きた》えられたから。ね？」

私が笑って見せると、兄は言葉を失った様子だった。しばらく無言を貫《つらぬ》いたのち、深く長く、ため息をついた。

「……そうだな。お前ももう、小さな女の子じゃないんだもんな」

兄は眉を下げて肩《かた》をすくめると、私の向かいに座るセオドア様を見た。

「今は、セオドアもいるしな」

「ええ。……セオドア様もサイモンも、ヘイエルダールの土地もみんな……私に力をくれるの」

「お前を信じるよクロエ。一緒に俺たちの計画に乗ってくれ」

「ありがとうお兄さま。私もがんばるわ」

私たちは微笑《ほほえ》み合う。鏡越《ご》しじゃなく、直接、兄に会いたいと思った。兄は空気を切り替《か》え、私とセオドア様、サイモンへと順に目を向けた。

「じゃあ、話を始めるか。いいな」

私たちは顔を見合わせ、うなずき合った。

兄は真面目《まじめ》な顔で私を見た。

「まあ、結論から話そうか。ショックだと思うが聞いてくれ……マクルージュ侯爵《こうしやく》家は、ストレリツィ侯爵家によって嵌《は》められ、全てを失うことになったんだ」

「何ですって」

──それから。

兄とサイモン、そしてセオドア様から聞かされた内容はショックなものだった。

マクルージュ侯爵家の弱体化。

兄の魔術師役《えき》による徴集《ちようしゆう》。母の病没《びようぼつ》に私の結婚《けつこん》まで。

全ては隣国《りんごく》の侵攻《しんこう》の情報を事前に知っていた前ストレリツィ侯爵——私が介護《かいご》をして看《み》取《と》ったあの老人が、マクルージュ侯爵家の財産と領地全てを奪《うば》い取るために長期間にわたって仕組んできたことだった。

兄は淡々《たんたん》と、感情を押し殺した声音で語る。

「話は昔に遡《さかのぼ》る。前ストレリツィ侯爵——ディエゴの親父《おやじ》だったくそじじいが、出入りしていた紳士《しんし》サロンにて、ある情報を入手したのが発端《ほったん》だった……」

前ストレリツィ侯爵は狩猟《しゅりょう》愛好者による紳士サロンにて、隣国事情に詳《くわ》しい商人と繋《つな》がっていた。商人から隣国が数年内にヘイエルダールに侵攻するだろうという情報を入手したのだ。

「前ストレリツィ侯爵は嫡男《ちゃくなん》ディエゴへの相続が不安だった。相続させる前に基盤《きばん》を強化してやりたいと考えたわけさ。俺たちの親、マクルージュ侯爵とストレリツィ侯爵は長年関係が悪かったもんだから、このままディエゴに相続させてしまうと、ストレリツィ侯爵家が没落《ぼつらく》しマクルージュ侯爵家に呑《の》み込まれちまうだろうと恐《おそ》れたのさ」

前ストレリツィ侯爵は、虎視眈々《こしたんたん》と水面下でマクルージュ侯爵家を破滅《はめつ》させる準備を進めていた。かくして隣国侵攻が始まり、王国が軍事統制下に入ったことを理由に、マクルージュ侯爵領への物流を意図的にストップさせたのだと、兄は淡々と説明する。

「王都からの物資は、ストレリツィ侯爵領沿いの街道《かいどう》を通らなければマクルージュ侯爵領には届かねえ。それを利用して、道を破壊《はかい》したり商人を脅《おど》したり、金を握《にぎ》らせたりと、あらゆる手を尽《つ》くしてマクルージュを物資不足にしたのさ」

「……ひどい。領民の暮らしを無視してそんなことを」

「周到《しゅうとう》な用意と国の非常事態であったため、マクルージュ侯爵領の不自然な困窮《こんきゅう》は宮廷《きゅうてい》から見逃《みのが》されたのさ。そして」

兄は唇《くちびる》を噛《か》む。話をサイモンが引き継《つ》いだ。

「薬が手に入らなくなった奥様は病に倒《たお》れ……。必死に領地を立て直そうと奮闘《ふんとう》なさった旦那様《だんなさま》は、奥様を失ったショックと過労が祟《たた》り、私より先に……若くして逝去《せいきょ》されました」

「そうだったのね……」

気づけば、隣《となり》に移動したセオドア様が私の肩を抱《だ》いてくれていた。視線で「大丈夫《だいじょうぶ》か」と問われる。私は首を縦に振った。聴《き》きたいと願ったのは私なのだから。

「話を続けて。……私は大丈夫よ」

サイモンの説明を引き継いだのは兄だ。

「そしてマクルージュ侯爵領は、自動的に嫡男である俺の相続となりかけた。しかし前ストレリツィ侯爵の目的は、マクルージュ侯爵領の破滅と吸収だ。奴《やつ》は次に、俺を宮廷に売ったのさ」

「売った、って……？」

「あのくそじじいは俺を強制的に宮廷に閉じ込めた、例の魔術師役にも一枚噛んでいる。特に俺は学生時代から宮廷魔術師の一部の連中のお気に入りだったからな。一侯爵として自由にするより、宮廷に縛《しば》り付けて手元に置きたいと望むやつも多かった」

兄は暗い顔で舌打ちする。兄を宮廷魔術師として縛り付ければ、あとに残ったのは私だけ。ヘイエルダール辺境伯令息――セオドア様との婚約も解消となったので、私を搦《から》め捕《と》るくらい、前ストレリツィ侯爵にとって容易《たやす》かったのだ。

「……本来はディエゴとクロエお嬢様《じょうさま》に正式な結婚をさせるつもりで、あの男は話を持ちかけてきました。それを何とか『白い結婚』にできたのは……本当によかった」

「だいぶ揉《も》めたけどな。俺もサイモンの手を借りて必死に前例を調べ尽くしたり、宮廷でとことんまで媚《こ》びて駆《か》けずり回って後ろ盾《だて》を作ったりして、白い結婚にするように取り計らってもらったよ。……その時はセオドアにも随分《ずいぶん》力を借りた。な？」

兄に振《ふ》られ、セオドア様が頷《うなず》く。

「私も隣国王女との婚約を強制されていたが、それは私が宮廷に対する強い手札《カード》を握っているということでもあった。クロエを白い結婚にできないのならば隣国王女との婚約破棄《はき》も視野に入れるとまで宮廷に匂《にお》わせたな。懐《なつ》かしい」

「そ、そんな一大事になっていたなんて……」

「宮廷に戦装束《しょうぞく》のまま乗り込んでいったセオドアの迫力《はくりょく》、今でも覚えてるよ」

兄が笑いながら言う。セオドア様は「必死だったからな」と苦笑いを返す。

「三人とも……私のために本当にありがとう……」

目頭《めがしら》が熱くなる。三人は私に誇《ほこ》らしそうに微笑む。セオドア様に背をあやすようにとんとんとされて、私は一滴《ひとしずく》だけ涙《なみだ》を零《こぼ》す。

目を拭《ぬぐ》い、私は「話を続けて」と背筋を伸《の》ばして言う。兄は頷き話を戻《もど》した。

「ともかく……全《すべ》ては仕組まれていたというわけだ。隣国侵攻という不幸な偶然《ぐうぜん》もあったが、マクルージュ家に起きた数々の災難の陰《かげ》には間違《まちが》いなく前ストレリツィ侯爵の思惑《おもわく》があった。だが幸運にも、息子《むすこ》はあれだ」

口の端《はし》をつり上げる兄に、私は頷く。

「……私が嫁《とつ》いだ時にはもう、前ストレリツィ侯爵も引退なさって、すっかりただのおじいさんになっていたわ。ディエゴが財産を好き放題にして、オーエンナさんに贅沢《ぜいたく》をさせて、私が全ての管理をしていても、口出しは何もなかったわ」

「ハッ、最後までは思い通りにはならなかったっつーことだ。日頃《ひごろ》の行いだな」

兄が笑う。

私への状況《じょうきょう》共有を終え、セオドア様が私に向き直った。

「これからのことだが、クロエ。……オーエンナがここに来たということは、ディエゴの方からクロエに会うため、血眼《ちまなこ》で追いかけてくる可能性が高い。私たちで追い返すつもりだったが、クロエが仲間になったということであれば心強い。その事態になった際は、できる範囲《はんい》で力を貸してほしい」

「どうしてディエゴは私を追いかけてくるの？」

私は理解できなかった。

「領地も財産も手に入れて、私も追い出せたのだから、もう用事はないのでは？」

「……このままでは手に入れられないいんだよ」

鏡の中、兄ノエルがにやりと笑う。

「あの土地の財産は、クロエがいなければ赤字にしかならないいんだよ。ディエゴが今回手に入れた、マクルージュ侯爵領の土地には魔石《ませき》鉱山があっただろ？」

「ええ」

「魔石鉱山は原則的に、国防にまつわる辺境伯《へんきょうはく》の特例を除き国有財産だ。領主は国から鉱山管理を預かり、管理費として許可された量を超《こ》えた魔石は全て、国に納める義務がある。つまり魔石鉱山というものは管理が手間だが、それ自体が領地に直接的な利益をもたらすものでもない」

「ええ。だから元夫も鉱山が呼び込む街の利益にしか興味を持たなかったのだと思うのだけれど……」

「ただ管理して魔石を国に納めるだけでいいのは、マクルージュ侯爵家の管理だったからこそなんだよ」

サイモンが書類を見せてくる。国有魔石鉱山管理法が記されたものだ。

「お嬢様、このくだりをご覧ください」

『魔石鉱山管理は(a)国家承認《しょうにん》魔力保有者もしくは(b)王家所有魔石鉱山採掘《さいくつ》貴族家一覧の直系の者、もしくは直系の者の配偶者《はいぐうしゃ》に委任される。(a)(b)そのどちらにも該当《がいとう》しない者が魔石鉱山管理者となる場合、品質保証金《ほしょうきん》を表12の計算を元に支払《しはら》うものとする』


「あ……」

私は気づいた。

ディエゴ・ストレリツィは国家承認魔力保有者——いわゆる魔術師ではない。

なおかつ、王家所有魔石鉱山の採掘貴族家一覧の直系の者——マクルージュ侯爵《こうしゃく》家直系の者でもない。直系であるクロエの配偶者ではあったが、今は離縁《りえん》している。

「王家所有魔石鉱山の採掘貴族家……元々管理している貴族以外に魔石鉱山が譲《ゆず》られることなんてめったにないわ。だから……ディエゴは見落としていたのね？」

記載《きさい》された表12の保証金の額を見て、私はゾッと背筋が震《ふる》えた。ストレリツィ侯爵家の年間予算を丸ごと注ぎ込んでも足りない金額だった。

その上、期限の延長、分割払《ぶんかつばら》いは認めないという。

「こんな法律があったなんて……」

「な、ふざけてんだろ？」

兄が目を眇《すが》めて意地悪に笑う。

「宮廷は貴族家にとにかく言いがかりをつけて、国内の魔石鉱山と魔術師を支配、管理しようとしていた、その名残《なごり》さ。侯爵家の嫡男《ちゃくなん》だろうが魔術師なら魔術師役《えき》を課したふざけた法律もあるくらいだから……ま、少し考えりゃわかる話なんだけどな」

王国のエネルギー源として、魔石は重要な資源だ。

普段《ふだん》魔力保有者の重要性を忘れて生きてきたディエゴにとって寝耳《ねみみ》に水だろう。ストレリツィ侯爵家に近しい親類には国家承認魔力保有者など存在しない。

最も近いのは――いや、近かったのはクロエの兄、ノエルだ。

「マクルージュの血を継いだ私が妻だっただけで、品質保証金が必要なかったのね……」

唖然《あぜん》とする私にサイモンが説明する。

「彼が保証金の免除《めんじょ》を受けるためには、魔術師の家系から妻を娶《めと》る必要があります。もしくは――土地を魔術師の家系に譲渡《じょうと》するか」

言葉を引き継ぐのは兄だ。

「魔術師の家系ならマクルージュ以外の妻でもいいんだが、他《ほか》の家柄《いえがら》なら足元を見て、領地やストレリツィ侯爵家を乗っ取るだろうな。なら、ストレリツィ侯爵家としてはクロエに戻ってきてもらう――離縁の撤回《てっかい》が一番無難な解決策だってわけだ」

「そんな事情があったのね……知らなかったわ」

私はサイモンを見た。女主人時代、書類仕事はサイモンに手伝ってもらっていたので、私がその事情に気付かないようにサイモンが隠《かく》し通してきたのだろう。

「お嬢様をも騙《だま》す形になって申し訳ございません。この計画がディエゴに悟《さと》られてしまえばディエゴはお嬢様との白い結婚《けっこん》を反故《ほご》にする可能性がございました。それゆえ、私とノエル様、セオドア様だけで話を進めていたのです」

「言わないでいてくれてありがとう。どこから情報が漏《も》れるかわからないし、賢明《けんめい》な判断だったわ」

でも、と私はまた考える。

「先代のストレリツィ侯爵はそのことを息子のディエゴに教えなかったの？　白い結婚だけど、私と離縁したら面倒《めんどう》なことになるというのは一番伝えなければならないことなのでは」

「……それが伝わらないようにするために、屋敷には私が潜入したのです」

目を細めるサイモンの表情を見て私は気づく。

結婚の前後に、古株の使用人がそれとなく入れ替《か》わっていたことを。

ディエゴにまで忠義を尽《つ》くす理由もなく、より給与《きゅうよ》の良い場所に引き抜《ぬ》かれていっただけだと思っていたけれど――どうやら違うらしい。そうなってしまえばあとは裏からサイモンが牛耳《ぎゅうじ》れる。表向きの立場は職位を落としたいち使用人扱《あつか》いだとしても、先代ストレリツィ侯爵の残した書類や手紙の管理を、古株のいない屋敷内では実質誰《だれ》が一番掌握《しょうあく》できるか――それは長年マクルージュ侯爵家で家令を勤め上げてきた、サイモンということになる。

「そしてディエゴの交友関係は、宮廷《きゅうてい》から俺が手を回した」

兄が話を引き継《つ》ぐ。

「宮廷魔術師は宮廷の華《はな》だ、呼ばれればあちこちの高位貴族のもとに馳《は》せ参じることになるから、ふふ……俺にかかれば簡単だったぜ。ストレリツィ侯爵家は高位貴族から縁《えん》を切られた」

簡単な訳がない。それくらい私もわかっている。兄は足を組み直し、続ける。

「まあ、ディエゴは元々高位貴族から相手にされていなかったし、魔石鉱山にまつわる情報を与《あた》えられるような賢《かしこ》い奴《やつ》は、あいつと縁がなかったしな。同時に、あいつが顔を出すような場所には、都合のいい噂話《うわさばなし》をばら撒《ま》いてやったよ。ディエゴは白い結婚の嫁《よめ》を五年さえ我慢《がまん》すりゃあ遊び放題だから財布《さいふ》を狙《ねら》うならおすすめだとか、財産たっぷり持ってるから愛人になるなら今だ、とかな。……周りがおだてりゃあその気になって、親が黒いことに手を染めて溜《た》め込んだ金も浪費《ろうひ》する。クロエのことも『後で捨てりゃいい』としか思わなくなる。……少しでも、家にあいつが帰らないように計らったぜ」

黙《だま》って話を聞いていたセオドア様を、兄は顎《あご》で示す。

「こいつが何をやっていたかは……もう聞いたか？」

「ええ。……陰《かげ》ながら領地に援助《えんじょ》をし続けてくださっていたって……」

私は胸に手を当てる。

「みんな、私の知らないところでたくさん動いてくれていたのね……」

「私たちが暗躍《あんやく》できたのはクロエのおかげだよ」

セオドア様が語る。

「クロエが潰《つぶ》れていたら、投げ出していたらサイモンは陰でここまで屋敷を掌握できなかった。クロエが役目を果たし続けたからストレリツィ侯爵家を内側から崩壊《ほうかい》させることができた。ディエゴが領地を任せて遊び呆《ほう》けて落ちぶれたのも、クロエがしっかりと領地を守ってきたからだ」

サイモンが頷《うなず》く。

「そうです。私たちだけでやったことではありません。お嬢様《じょうさま》がいらっしゃってこそ、我々は今の状況《じょうきょう》を摑《つか》み取っているのです」

「セオドア様……サイモン……お兄さま……」

ただ耐《た》えるばかりで苦しいばかりだった日々。

自分がいるせいで兄の足手纏《あしでまと》いになり、サイモンに余計な手間をかけさせているだけだと思っていた。――自分の過去が、ようやく意味のあるもののように思えてきた。

「一人だけ矢面《やおもて》に立たせてきたからこそ、知らないまま楽にさせてやりたかったんだがな」

「秘密にしてくれたことも、こうして明かしてくれたことも……全部、結果的には必要なことだったわ。本当にありがとう。お兄さま」

感傷に浸《ひた》るのは後だと言わんばかりに、兄が話を切り出した。

「クロエ。お前はこれからどうしたい？　……ここ数ヶ月の間に、どうしたいか思ったことはあるか？」

「私は……」

「もう少し今の生活でゆっくりさせたいのはやまやまだが、現時点でどうしたいのかだけでも聞いておきたい。何があろうがクロエが一番幸せになれる方法で、俺たちはクロエを守りたいから」

同意を示すようにセオドア様が隣《となり》で頷いてくれる。兄は続けた。

「とにかく逃《に》げたいのなら俺のもとに来い。王都で匿《かくま》えばちょっとやそっとではディエゴは手出しできないし、離婚《りこん》解消の裁判沙汰《さいばんざた》になったとしても有利にことを運びやすい。あとは……」

兄がちらりと、セオドア様とサイモンを見た。

「……ヘイエルダールにもし残りたいのなら……サイモンとセオドアに相談しろ。俺は、クロエの選択を尊重する」

「私は……」

「ノエル。今夜は話しすぎた。ひとまずクロエにはゆっくり休んでもらわないか」

セオドア様が私を庇《かば》ってくれる。兄も「そうだな」と言い、話がまとまりかけた。

「待ってください」

三人の注目が集まった中、私は深呼吸をしてセオドア様に向き直った。

「……私の気持ちは決まっています。セオドア様。……兄もサイモンもいるから聞いてほしいんです。ご迷惑《めいわく》かもしれないのは承知の上で……でも、相談したいのです」

「クロエ……」

「私は……ヘイエルダールに残りたいです。セオドア様に迷惑をかけてしまうのは、もちろん申し訳ないと思っています。ディエゴのこともだし、身の振《ふ》り方も……ヘイエルダールでの居場所の作り方も、まだわかりません。これから残るためにゆっくり考えるつもりだったので、具体的にどうやって生計を立てていくべきなのかも、まだで……夢物語みたいで恥《は》ずかしいのですが、ここにいたいという気持ちだけは決まってます」

セオドア様が目を見開いている。

こんなに驚《おどろ》いた顔、私は初めて見たかもしれない。

「クロエ……」

私はセオドア様に訴《うった》えた。

「セオドア様。お願いします。……私に知恵《ちえ》を貸してください。私がヘイエルダールで暮らすには、どうすれば一番ご迷惑になりませんか？　私はこの土地が好きになりました。両親を今も大切に悼《いた》んでくれる人々の暮らす場所にいたいと思いました。ルカやマリアロゼが成長していくのも見たい。この領地の人々ともっと一緒《いっしょ》にいたいのです」

「……今ならノエルと一緒に暮らす道を選ぶこともできる。それでもクロエはこちらを選ぶのか？」

「はい」

私は確かな気持ちを込めて頷いた。

「お兄さまと一緒にいたい気持ちはもちろんあります。でも私はきっと今のままお兄さまと一緒に暮らしてしまうと、ずっとお兄さまに頼《たよ》って生きることになります。それは……できればしたくありません。きっと後悔《こうかい》すると思うんです。それに、私は……」

私は言葉を継《つ》いだ。

「ヘイエルダールで暮らしたい。……どんな形であれ、セオドア様の近くにいたいのです。それが私の希望です」

部屋がしんと静まりかえっていた。

セオドア様が唇《くちびる》を引き結んでいる。こみ上げるものをこらえるような顔をしていた。無言で立ち上がると、セオドア様は私の前に跪《ひざまず》く。そして頭を深く下げる。騎士《きし》の最敬礼のようにされて、私は思わず狼狽《うろた》えた。

「セオドア様……？」

「クロエ。ありがとう」

顔を上げた、セオドア様は笑顔《えがお》だった。

「……君の気持ちは確かに受け取った。私も……セオドア・ヘイエルダールの命を賭《か》けて、君の想《おも》いを一番よりよく、幸せに実現できるようにする」

「セオドア様……」

「ありがとう、辺境伯領《わたしのくに》を選んでくれて」

セオドア様はふっと表情をゆるめ、切なそうに、幸福そうに目を細めた。

雪のような儚《はかな》い笑顔に、私は胸がギュッと痛くなる。

自分の感情がわからないけれど、なんだか幸せで泣きそうになった。

この人の傍《そば》にいるなら、いられるなら――私は何があっても幸せになれると思った。

「クロエ。……よく決めた。偉《えら》いぞ」

鏡の中で兄が薄《うす》く微笑《ほほえ》んでいる。サイモンも笑っている。

私は今夜、何かが変わったのを感じていた。


翌日の昼。私はセオドア様に誘《さそ》われて再びあの書斎《しょさい》に来ていた。

セオドア様が窓を少しだけ開くと、柔《やわ》らかな風が部屋の中を通り抜《ぬ》ける。昼間に訪《おとず》れてもとても雰囲気《ふんいき》のある部屋だった。

部屋の外には従者が立っているとはいえ、二人っきりで手狭《てぜま》な書斎にいるのは緊張《きんちょう》した。

セオドア様がソファに座った私を振り返って言う。

「昨夜はありがとう。この土地にいたいと言ってくれて嬉《うれ》しかった」

「私こそ……。これだけ甘えきってしまって、ここにいたいなんて申し上げてよかったのか不安でしたが、お伝えしてよかったです」

「そうだな、君も勇気を出してくれたんだから」

セオドア様はそう呟《つぶや》くと、壁《かべ》にかけられた蜂蜜姫《はちみつひめ》の絵の額縁《がくぶち》をなぞる。随分《ずいぶん》と古い絵だ。

「覚えているかい？　君に贈《おく》った絵本はこの絵をもとに私が描《か》いたものだったんだ」

「……そうだったのですね……！」

「幼い頃《ころ》は絵を描くのが好きでね。……隣国《りんごく》との衝突《しょうとつ》が始まった頃からは、絵筆はもう随分とっていないが」

あの絵本は元夫に奪《うば》われたくなくて、兄の蔵書に入れて保管してもらっていた。確かにあの記憶《きおく》の絵と構図が似ている。

「私にくださった絵本の蜂蜜姫は、もう少し小さな女の子ではありませんでしたか？」

「クロエをモデルにして描いたのだから、幼くなるのは当然だよ」

セオドア様がいたずらっぽく微笑む。

「我が領地に伝わる、蜂蜜姫の伝説を覚えてくれているか？」

「はい」

私は頷《うなず》く。蜂蜜姫の伝承とは、ヘイエルダールの湖に恋《こい》をした月の姫が蜂たちの助力を得て降臨し、無事に湖と夫婦《ふうふ》になった。お礼に月の姫はヘイエルダールの土地に加護を与《あた》え、功労者である蜂たちに、満月のように美しい色をした蜂蜜を伝えたという物語だ。子ども向けの絵本と原典では多少の違《ちが》いはあれど、本筋は変わらない。

「ヘイエルダール辺境伯領は元は独立した小国。他《ほか》の王国領とは違い、独自の慣習法が多い……蜂蜜姫の伝承を元とする慣習法があるんだ」

話しながらセオドア様は額縁の端《はし》をかちゃかちゃと弄《いじ》り――絵を外した。額縁の裏は隠《かく》し場所になっているようで、そこには絹に包まれたものがあった。両腕《りょううで》に抱くように持ってきたそれを、セオドア様は私の目の前に置く。

包みを開くと、中から現れたのは黄金色《こがねいろ》の液体の入った瓶《びん》だった。

「……これは……」

「ヘイエルダール家の聖域にある養蜂場《ようほう》で採られた特別な蜂蜜だけで作った蜂蜜酒だ」

「綺麗《きれい》ですね」

黄金色の蜜はみずみずしい色をしている。

セオドア様はしばらく瓶を見つめていたが、話を切り出した。

「クロエ。これはあくまで最終手段として、君に切り札を共有したいだけだ。……無理に私が何かを求めるものではないと、理解してほしい」

「承知しております。セオドア様を私は信じていますもの」

「……もし万が一の話として聞いてほしい」

セオドア様は深呼吸をした上で、切り出した。

「離婚《りこん》したての君は、法律上一年は婚約すらできない。しかし我が領地の慣習法では、この蜂蜜を親族と神官立ち会いのもと、君が飲んでくれれば婚約を結んだことにできるんだ」

私は息を呑《の》む。突然《とつぜん》の話だった。

「あくまで万が一だが……万が一、ストレリツィ侯爵《こうしゃく》家が離縁《りえん》の撤回《てっかい》を求めてきた際に、裁判だのなんだの泥沼《どろぬま》になる煩雑《はんざつ》さを、これを君が飲んでくれれば解決することができる。ちょうどサイモンが神官の資格を持っているし、兄ノエルは魔石《ませき》鏡で同席できる」

セオドア様は言葉を選びながら、静かに続ける。瓶へと目を落としながら、意を決して語るように。

「……元々この法律は、戦乱が多いこの土地で配偶者《はいぐうしゃ》を失った者が少しでも早く家庭を持ち生活を立て直せるよう生まれた慣習法だ。妊娠《にんしん》中だとしても母子含《ふく》め婚約した相手との間の子となる。効力としても王国の婚姻《こんいん》法よりも上位に位置づけられている。……万が一の保険として覚えておいてほしい」

しんと静まり返る。

私もなんと言って良いのかわからない。顔が熱くなる。

「セオドア様はよろしいのですか？　私などと……結婚して……」

「君がそれを言うのか。私の方が、ずるく君を囲おうとしている罪悪感を感じているのに」

苦笑いをして、セオドア様は真面目《まじめ》な顔で続けた。

「クロエ。……本心として、私は君と結婚したいと願っている。結婚できるのならば、これ以上ない喜びだ」

反射的に、弾《はじ》かれるように私はセオドア様の顔を見た。

セオドア様の耳が赤い。眼差《まなざ》しは真剣《しんけん》だった。

「……ただ、これはあくまで私の願いだ。私の個人的な私情で君の事情に付け込んで、自由を奪うのは本意ではない。もし君がディエゴを避《さ》けるために蜂蜜の婚姻を結んだとしても、君が望まないのであれば、婚姻を解消しても構わない。あくまで君の自由を守るための手段として……私と、この法律を使ってほしい」

「お気持ち、確かに受け取りました」

たっぷりと時間をかけ、私はようやく口に出せた。

「セオドア様。……もしもの時は手段として使わせていただくかもしれません。でも私も、あなたとの結婚を手段にはしたくありません。私は……もし、使うことがあれば……セオドア様がお嫌《いや》でない限りは……解消したくはありません」

「クロエ……ありがとう」

セオドア様は微笑んだ。私も、胸が熱くなった。


それから数日は、穏《おだ》やかな日々が続いた。

アンは毎日午前中は城に通い、マリアロゼと私と一緒《いっしょ》に本を読んだり遊んだりして楽しみ、午後に母の過ごす迎賓館《げいひんかん》へと帰るという日々を続けている。あえてこちらから女主人の仕事について話題に出さなかったが、アンも自分から引き継《つ》ぎをして欲しいと訴《うった》えて来なかった。

今日も午前中の風が気持ちの良い時間帯、私とアンとマリアロゼの三人で、庭園のガゼボで本を開いていた。

『そして蜂蜜姫の差し出した蜂蜜は、満月のように眩《まばゆ》い黄金色。甘い味に人々はたちまち魅了《みりょう》されました』」

緊張に頬《ほお》を赤くして物語を音読するのはアン。足をゆらゆらさせながら楽しそうに聴《き》いているのは、今日は髪《かみ》を両側で丸くまとめたマリアロゼだ。

アンが読み終わると同時、マリアロゼがぱちぱちと拍手《はくしゅ》する。

「おもしろかった！　ありがとう、アンおねえちゃん！」

「つっかえながらで恥《は》ずかしいけど……」

「上手だったわアン。昨日の復習もちゃんとできていたのね」

「はい。……物語を音読するだけでも、いろんなことを覚えられるんですね。単語や言い回しはもちろん、知らない街の文化や歴史も……」

こうして嬉しそうに本を読み、マリアロゼと過ごしているアンを見ていると、自分が失ってしまった少女時代を、少しでもアンに楽しんでほしいと心から願ってしまう。せめて城にいる間くらいは母の世話もストレリツィ侯爵家の妾腹《しょうふく》の立場も忘れて、楽しんでほしいと思う。

私の気持ちはうっすら伝わっているのだろう。マリアロゼの午睡《ごすい》に合わせて迎賓館に戻《もど》るアンが、帰宅の見送りをしている際にぽつりと口にした。

「……ごめんなさい。毎日本当に気を遣《つか》っていただきまして」

「謝ることはないわ。私もアンとお話したかったから」

私たちは城の周りに巡《めぐ》らされている庭の小道を歩きながら、城門の方へと向かっている。緩《ゆる》やかなカーブの途中《とちゅう》で、アンが足を止める。

振《ふ》り返ると思い詰《つ》めた顔をして、アンが自分のつま先を見ていた。

「……あの、クロエ様」

「どうしたの？」

「私、クロエ様に嘘《うそ》はつけません。今……ストレリツィ侯爵家で起きていることをお話しします。クロエ様がいなくなってから、大変な騒《さわ》ぎになっているんです」

「……席を用意しましょうか」

「いえ。座ってしまうと長話をしてしまい、母に不審《ふしん》がられてしまいます。……すみません、マリアロゼ様と一緒にいる時間を削《けず》りたくなくて、こんな場所で……。母は言わないほうがいいと口止めしてきたのですが、どうしても」

黙《だま》っているのが辛《つら》かったのだろう、堰《せき》を切ったように、アンは情報を吐露《とろ》してくれた。話の内容は先日兄に聞かされたディエゴの状況《じょうきょう》そのままだった。アン相手だとしても慎《しん》重《ちょう》にしなければと、私は多くを語らず頷《うなず》いて返す。

「……私がいないから困っているのね」

「はい。だからクロエ様を血眼《ちまなこ》で捜《さが》していて……。まだお父様も、キャシーおばさまも、クロエ様がヘイエルダールにいらっしゃることを知りません。私がたまたま、手紙の整理を手伝っているとき、サイモンさんが送られた手紙を見つけて――それで……母が、せっかくだから遊びに行きましょうと。すみません、母は全く何も深いことを考えていないので……私が手紙を見つけたばかりに」

想像通りだった。私はしょげた彼女の背中を撫《な》でた。

「アン、気にしなくていいのよ。いずれ誰《だれ》かが気づくはずだったの。あなたは任された仕事をきちんとこなしただけ」

「クロエ様……」

「手紙をちゃんと読み解き、消印で場所を突《つ》き止めるなんてすごいわ。よく勉強していたのね」

私の言葉に、アンは涙《なみだ》を拭《ぬぐ》って頷いた。既婚《きこん》時代、アンに満足に勉強をさせてあげられなかったことが気になっていたので、こうして独学を続けていた彼女が愛《いと》おしくなる。私は彼女の手を取り、目を見てしっかりと微笑《ほほえ》んでみせた。

「打ち明けてくれてありがとう。話してくれたアンのことは必ず私と兄が守るわ、マクルージュ侯爵家の者として」

私が強く頷くと、アンはほっとしたように小さく笑って見せた。

その時、城門の方向から足音が聞こえてくる。姿を見せたのは制服姿のルカだ。

「クロエ先生、それに……アン嬢《じょう》ではありませんか」

ルカが大人びた所作で紳士《しんし》の辞儀《じぎ》をするので、アンもぎこちなく淑女《しゅくじょ》の礼をする。何度もアンが城に通ううち、二人は顔見知りになっていた。

私がルカに話しかける。

「珍《めず》しいわね、この時間にここで会うなんて」

「今日は学校が午前で終わりだったので……彼女、今から帰りですか？」

「ええ」

「でしたら僕が送りますよ。どうせ僕も鞄《かばん》の修理を受け取りに街に下りるので」

隣《となり》でアンが「えっ」と狼狽《うろた》える。私はルカに笑顔《えがお》を向けた。

「お願いできるならお願いしたいわ。領主子息のあなたが一緒なら安心だもの」

「わ、私のために申し訳ないのですが……」

「いいって。さ、行こう」

ルカがアンを促《うなが》すと、逡巡《しゅんじゅん》する間を与《あた》えないかのようにさっさと先に歩いていく。

アンはおろおろとしていたが、最終的に私にぺこぺこと別れの辞儀をしてルカについていった。

二人の後をゆっくりと追いながら、私は微笑ましく思う。他所《よそ》からやってきた令嬢に親切にできるくらいまで、ルカが落ち着いてくれてよかった。

二人が城の馬車ポーチまで向かったところでそろそろ戻ろうかと思っていたところ。突《とっ》然《ぜん》、見慣れない男が城に徒歩でやってきているのが目に留まった。

ヘイエルダールの銀髪《ぎんぱつ》ではない、栗色《くりいろ》の髪を撫でつけた鷲鼻《わしばな》の男。

追いかけてくる衛兵たちを振り返り、喚《わめ》き散らす。

「俺を誰だと思っているんだ！　平民騎士《きし》ごときが俺を止めるな！」

反射的に体がぶるりと震《ふる》える。

声の主を見て、馬車に乗ろうとしていたアンが身をこわばらせた。

「お父様……！」

男——ディエゴ・ストレリツィは娘《むすめ》に気づかず、私を見るなり顔を真っ赤にして真っ直《す》ぐ近づいてきた。

「やめて、お父様！」

私をかばおうと、反射的にアンが割り込んでくる。

ディエゴは迷いなく、娘に対して腕《うで》を振り上げる。

「お前はどいていろ！」

「っ……！」

アンに腕は当たらなかった。反射的にアンを庇《かば》ったルカが、制服に吊《つ》るしていた剣《けん》の柄《つか》でディエゴの拳《こぶし》を受け止める。

「大丈夫《だいじようぶ》ですか、アン嬢」

「あ……」

背に庇われたアンがへたり込む。信じられないと言わんばかりに、青ざめて首を振って父を見上げた。

「お父さん……どうして、ここに……」

憤怒《ふんぬ》で顔を真っ赤にして、拳を振り上げたままふうふうと肩《かた》で息をする男。

忘れたいのに、忘れもできない——ディエゴ・ストレリツィだった。

衛兵がディエゴを取り押さえ場が騒然《そうぜん》とするあいだ、私は頭が真っ暗になって、何もできずに立ちすくんでしまった。

騒動《そうどう》の後、突然城に乗り込んできたディエゴは闖入者《ちんにゆうしや》として捕《と》らえられ、迎賓館《げいひんかん》の一室で落ち着くまではと軟禁《なんきん》されていた。

彼は騒ぎながら、私に向けて「よくも騙《だま》したな」などと大声で喚いていた。

まともにディエゴの暴力未遂《みすい》と罵声《ばせい》を浴びた私を案じて、セオドア様はすぐに私を城の自室で休ませてくれた。

騒動から一時間ほど経《た》った頃《ころ》、セオドア様は私のもとに訪《おとず》れてくれた。

ソファに座っていた私は、もうすっかり冷静になっていた。

「……大丈夫かい、クロエ」

「はい。突然のことで驚《おどろ》いてしまいましたが、落ち着いたら何も怖《こわ》くありません。私よりもアンを……アンはどうしていますか？」

「彼女もメイドたちに任せている。両親とは離《はな》しているから安心してほしい。ルカも褒《ほ》めておいた。咄嗟《とっさ》にすぐご令嬢を守れて立派だったと」

私は胸を撫で下ろす。

「よかった。私もルカにお礼を言わなければなりませんね。……それで、あの人は？　オーエンナさんはどうなさっていますか？」

セオドア様は表情を引き締《し》めて頷いた。

「オーエンナとディエゴはこれからの話し合いのため、迎賓館に待機させている。案の定、奴《やつ》はクロエとの離縁撤回《りえんてっかい》のために訪れたようだ」

「……予想が当たりましたね」

私は先ほどアンに吐露《とろ》されていた、ストレリツィ侯爵家の現状をセオドア様と共有する。

そして付け加えた。

「どうかアンは守ってあげてください。……アンは良い子なんです。私は……彼女がなんだか他人のように思えなくて。昔の自分を見ているような気持ちになって、なんとかしてあげたいと……いつも思ってしまうんです」

私は胸を押さえて訴《うった》えた。

離縁してストレリツィ侯爵家を離れる時も、唯一《ゆいいつ》後ろ髪《がみ》を引かれていたのはアンの将来についてだった。ディエゴがアンを幸せにするとは思えなかった。

「安心して欲しい。これからどんな結果になろうとも、アンは必ず守ろう。……ストレリツィ侯爵家時代に、君が唯一心を通わせたご令嬢なのだから私も丁重《ていちょう》に扱《あつか》うつもりだ。ルカとマリアロゼとも親しくしてくれていたしな」

「ありがとうございます……」

「ところでクロエ。辛《つら》い時にこの話題を出すのは忍《しの》びないが……」

セオドア様は真面目《まじめ》な顔で続けた。

「これからディエゴ・ストレリツィと直接決着をつける。今日全《すべ》てを明らかにして、これまでマクルージュ家に行ってきた数々を清算させるつもりだ。……君は出なくても構わない。君は無理に出ずとも良い」

セオドア様は私を案じている様子だった。私が休んでいる間に、全ての決着をつけるつもりなのだろう。私は首を横に振《ふ》った。

「私も参加させてください。……言ったではありませんか。私も仲間に加えてほしいと」

「クロエ。しかし……本人を前にしては辛いのではないか」

「セオドア様のお心遣《こころづか》いは嬉《うれ》しいです。だからこそ……私もヘイエルダールでの暮らしで立ち直った姿を元夫に見せたいんです。今彼に向き合わなければ、私は一生、彼に怯《おび》えて暮らすことになってしまう」

セオドア様は心を打たれたような顔をして、私をじっと見ている。

私はその金の瞳《ひとみ》に、しっかりと頷《うなず》いてみせた。

「セオドア様が私を守りたいと思ってくださるように、私もセオドア様だけに嫌《いや》な思いをさせたくありません。一緒《いっしょ》に戦える場所は戦いたいです」

しばらく、沈黙《ちんもく》が流れる。セオドア様は立ち上がった。

そして微笑《ほほえ》み、私に手を差し伸《の》べた。

「行こうクロエ。……全ての決着を、共に」

「はい」

私はセオドア様の手に手を重ねる。強く握《にぎ》りしめられた途端《とたん》、胸に勇気が湧《わ》いてきた。

「……セオドア様」

「ん？」

「万が一のため……お手数ですが、例のものを出しやすい場所にご準備していただいても、よろしいですか？」

「それは……」

セオドア様が目を見開く。

「せっかくだから、今日徹底《てってい》的に、あの人に諦《あきら》めてもらいたいんです」

照れを誤魔化《ごまか》すように私が首を傾《かし》げながら言うと、セオドア様は笑顔《えがお》になる。

「ああ。君を助けるためならば、喜んで」

「では……参りましょうか」

セオドア様のエスコートで、私は自室を出て会議堂へと向かう。

――ついに、過去との決着の時が来た。


会議堂に入るなりディエゴが椅子《いす》を弾《はじ》き飛ばす勢いで立ち上がり、私に叫《さけ》んだ。

「クロエお前、よくも騙したな⁉」

自然な所作で、セオドア様が私とディエゴの間に入る。冷徹《れいてつ》な声で、ディエゴに告げた。

「恫喝《どうかつ》の場ではない。静粛《せいしゅく》に、ストレリツィ侯爵《こうしゃく》」

ぴしゃりと言われて口をつぐんだディエゴは、どっかりと音を立てて椅子に座る。私を憎《にく》しみで絞《し》め殺しそうな勢いで睨《にら》んでいる。

セオドア様が視線で私を窺《うかが》う。私は小さく微笑んで返した。

以前の私なら怒気《どき》に怯えていただろう。とても怖かったはずの元夫。今では、露骨《ろこつ》な怒《ど》号《ごう》と感情をむき出した有り様にかえって冷静になれた。私が恐《おそ》れていたのはなんだったのか——あまりにも情けない姿だった。

落ち着いている私が気に食わないのだろう、ディエゴは私に吐《は》き捨てるように言った。

「なんだその目は？　……ははあ、ヘイエルダール辺境伯を味方につけたから調子に乗ってやがるな。お前の思い通りにはいかねえぞ」

煽《あお》られても睨まれても動じる気はもはや起きなかった。無感情な辞儀《じぎ》をして、私はセオドア様の隣《となり》に腰《こし》を下ろす。

「まちなさいよ」

次に口を開いたのはオーエンナさんだ。

「ちょっと、クロエさん。あんたなんでそこ座ってんの？　領主さまの隣なんておかしいんじゃないの？」

「おかしくはない。ストレリツィ侯爵夫人。彼女はマクルージュ侯爵令嬢《れいじょう》として、家格を考慮《こうりょ》するなら私の隣が相当だ」

セオドア様の言葉に、オーエンナさんがころりと笑顔になる。

「あらやだ、侯爵夫人だなんて」

逆に、ディエゴは隣で舌打ちしそうな顔をしてみせる。愛人のくせに調子に乗るな、と言いたいのだろう。彼はそういう男だ。

会議堂には他《ほか》にも、ヘイエルダール領の家令、法務官、交渉人《こうしょう》といった人々も集まっている。サイモンは従者として、私の傍《そば》に立っている。顔を見ると、彼はそっとモノクルの奥で片目を閉じて見せた。

その他——魔石鏡《ませききょう》がインテリアの振りをして会議堂の壁《かべ》に設置されていた。今はただの鏡ではあるものの、兄はおそらくすでにもう鏡越《ご》しにこちらを見ているようだ。鏡の上部に付けられた魔石が、微《かす》かに光を帯びている。

関係者が全て揃《そろ》い、椅子を引く音も止《や》んだところで、セオドア様がディエゴを見つめ、口を開いた。

「……して、ストレリツィ侯爵。今日ここに来た理由は？」

セオドア様の言葉に被《かぶ》せるように、ディエゴは早口で捲《まく》し立てた。

「元妻、クロエとの離婚《りこん》を撤回したくやってまいりました」

それに顔色を変えたのはオーエンナさんだ。

「ちょっとまってよ。なんですって!?　あたしの立場はどうなるのよ!?」

「うるさいな、ちょっと黙《だま》ってろよ」

「黙ってろですって!?」

気色ばむオーエンナさんを押し退《の》け、ディエゴはセオドア様に媚《こ》び諂《へつら》った笑顔を作る。

「ヘイエルダール辺境伯。クロエは女主人として任せていた仕事を、離縁が決まった途端に放棄《ほうき》してそのままあなたのもとに転がり込んだんです。おかげでうちは迷惑《めいわく》しております。そちらでどんな顔をしているのか分かりませんが、責任感もなく領地のことも考えず、逃亡《とうぼう》されたので困っています。離縁はいずれするとしても、しばらくのあいだこっちにいてもらわねば困るんですよ」

彼は必死に、私を悪者にしようとしている。私には睨みながら、セオドア様には「はは、困った奴《やつ》ですよ」と言わんばかりの馴《な》れ馴れしい態度だ。

隣のオーエンナさんはディエゴと私を交互《こうご》に睨みつけているし、私は興醒《きょうざ》めの気持ちだった。本当にこの場に出てよかったと心から思う。

幼い頃《ころ》支配されていた間は、あれだけ恐ろしく大きく非道に見えたディエゴ・ストレリツィ。実際に離縁し、自由になって健康を取り戻《もど》した心で彼を見ると、全く別人のように見えた。

ディエゴは次に私へと目を向けた。記憶《きおく》にあるよりずっとくたびれた顔で、ディエゴは私に訴える。

「なあクロエ。俺はお前に多くは求めない。今まで通り妻として働けば、あとは好きにすればいい。だから帰って来ていいぞ」

ディエゴの隣でオーエンナさんが真っ赤な顔をして、今にも爆発《ばくはつ》しそうだ。

「な? 連れ添《そ》った夫婦《ふうふ》じゃないか。帰ってきてくれよ。それとも離縁《りえん》したら責任を放《ほう》り投げるようなことを、マクルージュ侯爵の娘《むすめ》としてやれるのか？」

人の心を逆撫《さかな》でして、罪悪感を突《つ》こうとしているのがわかる。

「お前もわかるだろう？　オーエンナでは女主人としての能力もないし、お前の引き継《つ》ぎだってできないんだ。……親も死んで、兄も宮廷《きゅうてい》魔術師になって、居場所がなくなったお前を預かったのは俺だ。お前は俺に対する恩はないのか？」

こう言えば、私を丸めこめるとディエゴは思っている。実際昔は言いくるめられていた。相手の言葉に呑《の》み込まれて、自分の思考を停止して、言いなりになって。惨《みじ》めな日々を思い出す。こんな愚《おろ》かな人にマクルージュ家は潰《つぶ》されたのだ――その無念が、ただただ虚《むな》しい。

「なあ、たのむ、帰ってきてくれよ！」

黙る私に対して、懇願《こんがん》する声がどんどん大きくなる。

それはもはや恫喝《どうかつ》に近い声音《こわね》だった。

セオドア様が口を開こうとする。私はテーブルの下、セオドア様に触《ふ》れて止めた――触れる距離《きょり》にこの人がいるなら、私は向き合える。

背筋を伸ばして深呼吸して、私は真正面からディエゴを見据《みす》えた。

目を合わせるだけで、ディエゴはびくりと体をこわばらせる。一瞥《いちべつ》もしないまま離縁を告げた男とこうして目を合わせるのは、一体、いつ以来だろうか。

「元々あなたが欲しかったものは全《すべ》て手に入れたではありませんか。兄があなたに譲《ゆず》った侯爵家の領地と財産、その全てを。正式な書面を取り交《か》わし、同意の上で離縁した私は与《あた》えられた責任を全《まっと》うしています。マクルージュ侯爵家の者として正当に離縁しました。もう……取り消すつもりはありません」

「す、全てを説明しないまま離縁して！　それが責任逃《のが》れだろうが！」

「書面の確認《かくにん》はお願いし、あなたもそれを見て承認しサインしましたよね」

「だから……だから、わかりやすく、もっとはっきりとだな⁉」

　顔を真っ赤にして身を乗り出そうとするディエゴ。その姿に呆《あき》れた様子のオーエンナさんの様子も、セオドア様の冷めた眼差《まなざ》しも、彼には見えていないらしい。

「どうしても管理にお困りということでしたら、兄が譲渡《じょうと》した領地と財産を全て諦めればよろしいのでは？」

　ぴく、とディエゴの顔が固まる。

「そ、それは……それはお前を預かってやった慰謝料《いしゃりょう》だ！　なぜ俺が諦めなければ」

「ここに集まった者全てが、あなたがなぜ離縁をしたくないのかご存じです。もちろん、ヘイエルダール辺境伯も」

　私がちらりとセオドア様を見る。セオドア様が頷《うなず》いた。

「魔石鉱山の管理は未経験では難しいだろう。場合によっては我が領地で引き取るのにやぶさかではないが？」

「じょ、冗談《じょうだん》じゃない！」

ディエゴは声を裏返して青ざめる。

「こ、こっちの事情をご存じならその女を返してくださいよ、ヘイエルダール辺境伯」

「彼女は彼女の意思でここにいる。私が『返す』ような所有物ではない」

「そ、そんな……」

「そもそも突然《とつぜん》押しかけるだけでなく、正式な離縁を済ませた女性を恫喝するような男に、彼女の身柄《みがら》を渡《わた》すわけにはいかない」

セオドア様と私の姿を、しばらくオロオロと眺《なが》めていたディエゴ。

しかし何かに気付いたと言わんばかりに、ディエゴはにやりと顔を歪《ゆが》める。

「クロエ。お前さては、ずっと不貞《ふてい》を働いていたな？」

何を言っているのだろう。目を瞬《また》かせると、ディエゴはしたり顔で笑い始める。

「ははは！　そうか！　離縁してすぐ男のもとに転がり込んだと思ったら……ヘイエルダール辺境伯と陰《かげ》で繋《つな》がっていたのだな⁉」

「一体、何を……」

「今ならまだ離縁したてだ！　それなのにこんなに親密な関係になっているのはおかしい
……さ、裁判だ！　裁判を起こせば、俺の方が有利だ‼　どこまでもクロエ、お前を追い詰《つ》めてやる！　マクルージュ家は俺のものだ！　裁判でこれ以上ヘイエルダールに迷惑をかけたくないのなら、俺についてくるんだ！」

理屈《りくつ》も根拠《こんきょ》もめちゃくちゃなことを喚《わめ》きながら、ディエゴは高笑いする。オーエンナさんでさえ愛想を尽かせた顔をしていた。

私はセオドア様と顔を見合わせる――普通《ふつう》なら裁判でもこちらが有利だ。しかし泥沼化《どろぬまか》するのは気が重いし、セオドア様に迷惑をかけ続けることになる。それに私が裁判で揉《も》めてしまうと、本妻になることを望んでいたオーエンナさんだけでなく、アンの人生にもかかわる。

「セオドア様、あれを……よろしいでしょうか」

私の言葉にセオドア様は頷き、サイモンに目配せする。サイモンが会議堂を後にして、すでに準備していたのであろうワゴンを運んできた。蜂蜜《はちみつ》酒のボトルと、二つの小さなグラス。私とセオドア様は立ち上がった。

私は覚悟《かくご》を決めてディエゴを見据えた。

「ストレリツィ侯爵《こうしゃく》。元夫ではなく親戚《しんせき》として、この場に立ち会ってください」

「何を言っているんだ……？　酒？」

サイモンと控《ひか》えていた従者が手早くテーブルの上を片付ける。セオドア様は無言で、蜂蜜酒の瓶《びん》を掲《かか》げて人々に見せると、二つのグラスにそれを注ぐ。

「ご存じでしょうか。ヘイエルダールの慣習法では、特別な蜂蜜酒を親族と神官立ち会いのもと呑《の》めば、婚約《こんやく》を結んだことにできるのです」

「な、何を言っているんだ……妊娠《にんしん》の場合を考慮《こうりょ》して離縁後すぐは女は婚約できないはずだ——たとえ白い結婚だとしても、な。そんなこともわからないのか？」

セオドア様が目を細め、ディエゴを見た。

「私とクロエの神聖な儀式《ぎしき》に立ち会うことを許そう」

「な、な……！」

私たちがグラスを持つと、いよいよ冗談ではないと気づいたのかディエゴがガタリと立ち上がった。オーエンナさんはぽかんとした顔で眺めている。

二人はこちらに注目しているので、魔石鏡《ませききょう》に兄が映っていることも、サイモンがすでに肩《かた》に聖職者のストールをかけていることも気づかない。

向かい合ったセオドア様が、私を見る。

「……私を選んでくれてありがとう」

「お慕《した》いしております。……お兄さまだった頃から、今もずっと」

それからはあっという間だった。

私たちは同時にグラスを傾《かたむ》け、一息に喉《のど》に流し込んだ。

取り押さえられて絶叫《ぜっきょう》するディエゴ。鏡の中で満面の笑《え》みを浮《う》かべて手を叩《たた》く兄。辞儀をしながら、一滴《ひとしずく》だけ涙《なみだ》を溢《こぼ》し、さっと拭《ぬぐ》うサイモン。

喉が焼けるように熱くて甘い。セオドア様はグラスを置くと、私の左手の甲《こう》に口付けした。

「愛してる。これからは一生離《はな》れないと誓《ちか》う」

「……セオドア様……」

「な、なっ……ふざけるな！　何が婚約だ！　この……っ！」

語彙《ごい》も全て失い、はがいじめにされたディエゴが暴れる。

「ひとまずおめでとうだな、クロエ。セオドアもおめでとう！」

明るい声と拍手《はくしゅ》に、ディエゴが顔を顰《しか》める。そして魔石鏡に映った姿を見て声を裏返した。

「お前は……ノエル⁉」

「悪い、セオドアにクロエ。あんまり楽しそうだったから出ちまった」

兄はこちらに片目を閉じて詫《わ》びると、目を眇《すが》めてディエゴを見やる。

「俺は今やマクルージュ侯爵だぜ？　爵位で呼んでくれよ、ストレリツィ侯爵？」

「くっ……なんだこの珍妙《ちんみょう》な魔道具は⁉」

「ははは、魔石鏡すら知らねえ奴《やつ》が魔石鉱山の所有者になるなんざ、世も末だな。お前の親父《おやじ》があれだけ黒い手を使って領地を手に入れてくれたのに、息子《むすこ》のお前が不勉強じゃあ、

あの親父も墓場で泣いてるだろうな」

「な、何を言っているんだ……？　父の話は関係ないだろう？」

「あーそっか、お前は親父に敷《し》かれたレールを何も考えずに歩んでいただけで、親父がマクルージュ侯爵家に何をやらかしたのかも知らないんだったな？　まあ無知も罪ってな、諦《あきら》めろよ」

兄はそう言いながら鏡の中で、古びた書類を出す。何重にも折り畳《たた》まれ保存されていたらしいものだ。

「これは先代ストレリツィ侯爵の交友関係調査書、商人からの供述書、これが宮廷《きゅうてい》議会の議事録だ」

「な……!?」

「魔術師役《えき》に魔石鉱山所有侯爵領家の嫡男《ちゃくなん》まで含《ふく》めるよう、随分《ずいぶん》と強引《ごういん》に進めていたようだったな？　俺が魔術師として招集されたのにはお前の親父の暗躍《あんやく》があった。その証拠《しょうこ》はバッチリ残ってる」

兄は笑みを消し、鋭《するど》い眼差しでディエゴを見た。

「俺も含め、当時被《ひ》害《がい》に遭《あ》った魔術師は現在連名で訴訟《そしょう》の準備をしている。ディエゴ・ストレリツィ。お前も訴《うった》えられる側にいるから、法廷ではよろしくな」

「そ、そんな昔のこと。俺は関係ない……！」

「ストレリツィ侯爵位を相続し、うちの一切合切《いっさいがっさい》も奪《うば》っといて、責任逃れは無しだぜ坊《ぼっ》ちゃん。……クロエはあんたに白い結婚で嫁《とつ》ぎ年季を終え、俺も魔術師役を勤め上げた。両親は二度と戻《もど》らない。あんたがせしめたマクルージュの土地も、あんたのもんさ。せいぜい管理費、気張って払《はら》えよ？」

年上の男を揶揄《やゆ》して笑いながら、兄はさらに言葉を続ける。

「それ以外にも、先代ストレリツィ侯爵が街道《かいどう》の物流に干渉《かんしょう》した証拠も摑《つか》んでいる。戦時下の混乱に乗じたマクルージュ侯爵領に対する加害行動も全部きっちり責任を取ってもらうぜ」

そうだ、と兄はセオドア様を見やった。

「他《ほか》にも……セオドアも動いてんだよな？」

「ああ」

セオドア様が頷く。

「魔石鉱山連盟を通じてヘイエルダール辺境伯からも、旧マクルージュ侯爵領の魔石鉱山への監査《かんさ》を要求している。クロエが離縁《りえん》して数ヶ月のあいだ正しく管理が行き届いているのならば、特に問題のない監査だ」

「な……な……俺は知らない、知らないぞ！」

慌《あわ》てるディエゴを庇《かば》う者は誰《だれ》もいない。

すがるような目で私を見るディエゴに、私はつぶやいた。

「あなたは私とサイモンに、領地管理を任せきりにしていたから」

「っ……！」

「先ほども申し上げましたが……全《すべ》ては事前にいくらでも知る機会はありました。しかしもう、取り返しはつきません。これから今後についてよくお考えになってください」

会議堂が静寂《せいじゃく》に包まれた。

追い打ちをかけるように、セオドア様が静寂を破った。

「侯爵。他にも気にすることがあるのではないか？」

「……え……」

「クロエ・マクルージュ侯爵令嬢《れいじょう》は教師として、アン・ストレリツィ侯爵令嬢を指導した。親である貴殿《きでん》は彼女に教師代を払う必要がある」

「な……!?」

「他にも――貴殿の妻子の滞在《たいざい》費、彼女たちが突然《とつぜん》来たことでかさんだ護衛費、さらには晩酌《ばんしゃく》に同伴《どうはん》させた接待費についても全て、ヘイエルダール辺境伯《へんきょうはく》領として全額請求《せいきゅう》させてもらう。宮廷議会を通した正式な書面として通知するので、期日までに支払《しはら》うように」

「な……な……」

「さらに貴殿は我が息子に危害を加えたな？」

「あ、あれは……勝手に飛び出してきただけで」

「ルカは我が息子であるだけでなく、辺境伯領では歴代将軍職を勤め上げてきたストーミア家の生まれでな。家格に見合った慰謝料《いしゃりょう》も相応に払っていただこう」

「そ、それは……俺は彼を殴《なぐ》ろうとしたんじゃない、邪魔《じゃま》をしようとした娘《むすめ》にかっとなって……」

「続きは法廷で聞こう。貴殿に正当な主張があればそこで詳《つまび》らかにしてくれ」

「待て……待ってくれ」

さらさらと公証人が書類をまとめて、ディエゴの前に出す。

ディエゴは青ざめた。

「冗談《じょうだん》じゃない！　うちはもう破産寸前なんだぞ!!」

「ちょっと待ってよ」

その時、立ち上がったのはオーエンナさんだった。

オーエンナさんは今まで見たこともない顔で怒《おこ》っていた。青ざめ、唇《くちびる》が震《ふる》えている。

「ちょっと、一体どういうことなの？　破産のことも知らないし……それどころか、あたしの知らないところで、アンを殴ろうとしたの……？」

「っ……クソが！　お前は黙《だま》っていろ、愛人のくせに！」

肩《かた》をつかんだ彼女を、ディエゴはかっとして腕《うで》を振《ふ》りあげて弾《はじ》き飛ばす。悲鳴をあげてオーエンナさんが転がった。

「ぎゃっ！」

「オーエンナさん！」

私は反射的に彼女を庇う。オーエンナさんは私を押し退《の》けて立ち上がった。頭から出た血を拭い、ゆらりと踏《ふ》み出す彼女の瞳《ひとみ》は憤怒《ふんぬ》で燃えている。

「……よくもやったわね」

そこからは一瞬《いっしゅん》だった。オーエンナさんは徐《おもむろ》に花瓶《かびん》をつかむと、猛然《もうぜん》とためらいなくディエゴの頭に花瓶を打ち下ろした。

「ぐわー！」

誰も止める余裕《よゆう》はなかった。

「ふっざけんじゃないわよ！」

見事な白磁が粉々に砕《くだ》け、ディエゴの頭から血飛沫《ちしぶき》が飛ぶ。二打目は従者がなんとか阻《そ》止《し》した。

オーエンナさんは顔を真っ赤にして怒っていた。

「娘に手をあげようだなんて、あの子が何をしたっていうのよ!?　アンは真面目《まじめ》で立派な娘よ!?　ふっざけんじゃないわ!!」

「お、オーエンナ」

「しかもしかもしかも！　何がクロエに戻ってきてくれ、よ！　あんた、あたしにずっと言っていたじゃない、クロエがいるからお前を本妻にできないだなんて甘いこと！　五年我慢《がまん》すれば本妻にしてくれるって思ってたから、ずっと待ってたのに！　それにずっと一緒《いっしょ》にいたあたしを生意気？　愛人のくせに、ですって⁉　子どもまで作っといて、ンなこと言ってんじゃないわよッ‼　ちょっと放してよ！　まだ殴りたりないのよ！　待って‼」

ようやく護衛にはがいじめにされるも、オーエンナさんは怒《いか》りでじたばたと暴れようとする。ディエゴは頭から血を流し、オーエンナさんの剣幕《けんまく》に呆然《ぼうぜん》と座り込んでいた。

「……元気な女性だな」

部屋から追い出されるオーエンナさんを見ながら、セオドア様がつぶやいた。

「あの花瓶の値段も請求させていただこう。現時点では彼女はまだ、まごうことなき貴殿の妻、だからな」

「あ、あの女は愛人だぞ⁉　あの女の代わりの弁償《べんしょう》など」

「彼女――オーエンナ殿《どの》は既《すで》に、正式にストレリツィ侯爵《こうしゃく》夫人として認められている」

「嘘《うそ》だ。そんなはずはない。たかが平民の酌婦《しゃくふ》だぞ。それにさっき言っただろう？　離婚《りこん》後一年間は、再婚も婚約も認められない。それは俺も同じだ。だからオーエンナが妻なんてことは」

鏡の中から、冷たく兄、ノエルが問いかけた。

「ばーか。お前は長年あの女をお前の別邸《べってい》に住ませていただろう？　その証拠《しょうこ》だってあるんだから、愛人だろうが法律上はお前の配偶者《はいぐうしゃ》として管理責任がお前に問われるんだよ」

「は……」

「子どもまで産んでもらっといて、関係がないと言い張るのは厳しいんだよ」

ノエルが目を眇《すが》める。

一人ガタガタと震えるディエゴに寄り添《そ》う者は、もう誰もいない。

しんと静まり返った部屋の中、公証人がさらさらと何かを書き留めていく音だけが響《ひび》く。

セオドア様が話を続ける。

「一つストレリツィ卿《きょう》に提案がある。先ほどの話では、あの旧マクルージュ領の鉱山を持て余しているとのことだったな？」

セオドア様は屈託《くったく》のない笑顔《えがお》を見せた。

「まずは……旧マクルージュ侯爵の財産全てを、返還するのはどうだろうか。それで一つ、問題は解決するのではないか？」

「ごめんなさいね、クロエさん。長いあいだ本当に色々迷惑《めいわく》をかけてしまったわ」

応接間で話すオーエンナさんは、意外なほど素直《すなお》に私に謝罪をした。あれ以降贅沢《ぜいたく》な暮らしをすることも、護衛に無理を言うこともなく、アンに小言を言われつつも質素に暮らしていた。あの一件ですっかり目が覚めたのだろう。

話し合いからすぐに、ディエゴは逃《に》げるようにヘイエルダールを去ったが、オーエンナさんとアンはその後もしばらく、二人で迎賓館《げいひんかん》に寝泊《ねと》まりしていた。彼女はディエゴと離《り》縁《えん》したので、離縁以降の宿泊費《しゅくはくひ》は私が払《はら》うとセオドア様にお願いした。

私はオーエンナさんとアンとも話をしたかったからだ。

そして今日、私は彼女と二人きりでお茶を飲んでいる。

彼女は頬《ほお》に手を当て、疲《つか》れ切ったため息をついた。

「なんだか目が覚めたわ。あくどいことでクロエさんの実家を陥《おとしい》れて領地を奪《うば》ってるなんて、聞いてゾッとしちゃった。あたしもディエゴと結婚する前は色々苦労したからさ、なんというか……調子に乗ってクロエさんにさんざん迷惑かけてたわ。ここを出たら一生会わない。反省してる」

「……もう終わったことにしましょう、お互《たが》い」

私も思うことや言いたいことは山ほどある。けれど実際のところ、彼女は別邸でわがまま放題に暮らしていただけで、舅《しゅうと》や姑《しゅうとめ》のように私を暴力的にいびることもしなかった。アンに勉強を教えようとして嫌《いや》がられたのも、決してアンを想っていなかった訳ではなくて——平民だろうが貴族だろうが、女性が学ぶことを嫌厭《けんえん》する人はいる。彼女もそういう価値観の中で生きてきたというだけで、決してアンを不幸にしたいわけではなかったのだ。

彼女だってディエゴにあれだけ暴言を吐《は》かれて、暴力まで振るわれた。あれからキッパリと離縁をしたので、これからの生活の立て直しも大変だろう。

そんな彼女にこれ以上、過去を引きずるつもりはなかった。それに。

「……オーエンナさんがいてくれたおかげで、私は『白い結婚』を保てたんです。その意味では本当にお世話になりました」

「……そうね。あんな男で初婚無駄《むだ》にしなくてよかったわよ、あたしもまあ、初婚じゃないからいいんだけど」

「えっ」

「さ、あたしたちも次よ次！　クロエさんもいい男捕《つか》まえたんだから、元気にやるのよ！」

セオドア様との関係に話が及《およ》ぶ前に、私は話を逸《そ》らす。

「オーエンナさんはこれからどちらへ？」

「そうね〜、ちょっと王都に行こうかなって思ってるの。あたしの古い酌婦の友達がね、王都で店を営んでるから手伝いにね。客にはいい男もいるし、また誰《だれ》か成金のジジイでも捕まえられないかしら、あっはっは」

彼女は相変わらずだ。そして、痛い目に遭《あ》っても懲《こ》りずに新しい男性探しをする彼女の強さが眩《まぶ》しかった。

私は居住まいを正して、話を切り出した。

「あの」

「ん？　まだあるの？」

「……アンさんを、ヘイエルダールで行儀見習《ぎょうぎ》いさせるおつもりはありませんか？」

オーエンナさんは目を瞬《また》かせる。

「アンを？　あの子を……？」

「はい。ここで行儀見習いと勉強をして、うまくやれば彼女なら、いくらでも未来があります。良いお給料で雇《やと》われる上級メイドになることも、家庭教師になることもできます。場合によっては養女にしても構わないと、セオドア様もおっしゃっています」

「あら！　まあ……それなら、良縁に恵《めぐ》まれそうで安心しちゃう」

少し母親らしい柔《やわ》らかい顔になり、オーエンナさんは両手を叩《たた》いて喜ぶ。

「実はね、あの子をあたしと同じ酌婦にさせるのは……あまりしたくなかったし。離縁しちゃったから侯爵令嬢《れいじょう》でもなくなるし、どうしたもんかと思ってたの。嬉《うれ》しいわ！　……今回の件でよぉくわかったわ。多少は考える頭がなくっちゃあ損をするって。これまで勉強の邪魔《じゃま》していたこと、アンに謝らないと」

快諾《かいだく》してもらって、私はホッとする。

これはオーエンナさんのためというより、アンのため、私の願いのためだった。親の因《いん》縁《ねん》や、自分で左右できない運命に翻弄《ほんろう》される、昔の私のような女の子に、少しでも生きる力を渡《わた》したい。そしてまた、私がセオドア様や兄やサイモンに助けられたように、私もアンの力になりたい。そしてアンがアンがまた、どこかの女の子の目標となってくれたら……。

話がまとまったところで、私はアンを部屋に呼び寄せる。

オーエンナさんと相談した内容をアンに伝えると、アンは驚《おどろ》き、唇《くちびる》を震《ふる》わせた。

「……いいんですか？　私……」

アンの頰が歓喜《かんき》に染まる。私は彼女の手を握《にぎ》り、強く頷《うなず》いた。

「しっかり学んで。あなたはきっと、良い未来を手に入れられるわ」

アンの目が潤《うる》む。

「頑張《がんば》ります、クロエ様」

そしてアンは母親――オーエンナさんを見て微笑《ほほえ》んだ。

「ありがとうお母さん、クロエ様のもとで勉強することを許してくれて」

「……立派になるのよ、アン。あんな男に頼《たよ》らずとも生きていけるくらい、あなたならしっかりやっていけるわ」

抱《だ》き合う二人を見ると、私は幸せな気持ちになった。きっと二人も、これまでと違《ちが》う母《お》娘《や》関《こ》係を築いていけるだろう。

その後私はオーエンナさんに別れを告げ、アンを連れて城へと向かった。図書館からちょうど戻《もど》ってきていたルカと鉢合《はちあ》わせすると、ルカの頬がわかりやすく染まった。

アンが深々と頭を下げる。

「先日はありがとうございました」

「べ……別に、感謝されるほどのことでもないですよ」

「しばらくヘイエルダールに残って、勉強させていただくことになりました。何かとお会いする機会も増えると思うけれど、よろしくお願いします」

「そうなんだ。……そっか。うん。じゃあ、これで」

ルカは言葉を濁《にご》して、頬をかいて去っていく。その背中に、私は笑みが漏《も》れた。

「……気を悪くさせてしまいましたでしょうか、クロエ様」

「大丈夫《だいじょうぶ》よ。照れているだけだから」

きっとアンも、ここで幸せな時間を過ごせるだろう。

それからは慌《あわ》ただしく日々が過ぎていった。

二ヶ月後。夏が秋に変わった頃《ころ》、黄金色《こがねいろ》の小麦と同じ金髪《きんぱつ》を靡《なび》かせ、兄が空からやってきた。宮廷《きゅうてい》で入手した書類を持って訪《おとず》れた兄は、駅からそのまま杖《つえ》で空を飛び、城の庭に直接舞《ま》い降りて私を抱きしめた。

「クロエ！　元気みたいだな！」

「っ……ちょっとお兄さま、警備をくぐり抜《ぬ》けちゃだめじゃないの」

「自由に空を飛べる宮廷魔術師は俺だけさ、ヘイエルダールの皆《みな》に空からご挨拶《あいさつ》するってのも乙《おつ》なもんだろ？」

「もう……」

兄は私の頭を撫《な》で、眩しそうな満たされたような顔をして私を見る。

「すっかり顔色も良くなって。最近はますます父さんに似てきたな」

「ふふ、お兄さまはお母さまそっくりよね」

私たちは応接間に向かい、マクルージュの領地が正式に兄のもとに戻ったことが知らされた。説明を済ませたのち、兄は私に告げた。

「クロエ。俺は結婚しないだろうから、ゆくゆくはどこからか養子をもらうと思う。お前に子どもが生まれるならお前の子に、いなかったらセオドアから養子を見繕《みつくろ》ってもらう。それでいいな？」

「わかったわ」

――マクルージュ侯爵《こうしやく》家の財産は、これで全てストレリツィ侯爵家から取り戻したのだ。ついに。

場の空気が柔らかく解ける。そこで兄が言った。

「……二人も。収まるべきところに収まったって感じだな」

兄に言われると少し照れてしまう。

セオドア様が真面目《まじめ》な顔になった。

「あの時は遠隔《えんかく》だったが、改めてマクルージュ侯爵に願いたい。クロエ嬢を私の妻に迎《むか》えることへの許可を」

「お願いします」

かしこまった私たちに、兄はふっと表情を緩《ゆる》めると、服の裾《すそ》を整えて背筋を伸《の》ばす。

「ヘイエルダール辺境伯。私の妹を任せられるのはあなただけです。二人の未来を私は祝福しましょう」

サイモンも隣《となり》で嬉しそうにしている。私とセオドア様は顔を見合わせ、微笑みあった。

「……でも、お兄さま」

「ん？」

「第五魔術師隊《フィフス・メイジオーダー》の綺羅星《ポラリス》って……すごい名前の理由……なんだかわかるかも……って初めて思ったわ」

「……笑っちまうぜ？　俺が宮廷でどんな顔して過ごしてるのか見たら……」

ディエゴの件が片付いて肩《かた》の荷が降りた私たちは、それからしばらく歓談《かんだん》を楽しんだ。

この四人が集まって、心から楽しく過ごせる日が来たのが嬉しい。

それからルカに用事があるという兄とサイモンと一旦《いったん》別れることになった。

部屋を出る前に振《ふ》り返ると、兄とサイモンが穏《おだ》やかな様子で手を振ってくれる。二人に見送られ、私はセオドア様と庭へ向かった。

びゅう、と吹《ふ》く風が冷たい。まだ草木は青々としているのに、ヘイエルダールの秋はすぐそこまでやってきている。私は髪《かみ》を押さえながら庭を見回す。

「この城に訪れた時も庭が印象的でした。堅牢《けんろう》な城砦《じょうさい》なのに、花はどこまでも平和で、美しくて……マリアロゼも可愛《かわい》らしくのびのびしていて」

私の言葉に薄《うす》く微笑み、セオドア様は手を柔らかく握る。

「ヘイエルダールが穏やかな季節を過ごせるようになって、まだ日が浅い。これからまた隣国《りんごく》の動きによっては、再び厳しい時代も来るかもしれない。私も今でこそ順調に統治をしているが、いずれ苦境も訪れるかもしれない……だからこそ、私のもとに、君を閉じ込めていいのかと不安になる」

「……もう離《はな》れ離《ばな》れで辛《つら》く寂《さび》しい日々を乗り越《こ》えるのは、私は嫌《いや》です」

「私もだ。……未来への不安より、君と離れることの方が耐《た》えられない」

セオドア様は庭の端《はし》、隠《かく》れ場所のように置かれたベンチへと私を座らせる。高い壁《かべ》がちょうど途切《とぎ》れていて、ヘイエルダールの街が一望できる一角だった。

「あの時は、騒々《そうぞう》しい場で君に願い出てしまったから……もう一度、改めて正式に気持ちを伝えたい」

セオドア様は私の前に片膝《かたひざ》を立てて座る。そして私を見上げて手の甲《こう》に唇を落とした。

「クロエ・マクルージュ侯爵令嬢《れいじょう》。どうかヘイエルダールで妻として共に人生を歩んでほしい」

「傍《そば》にいます。いつまでも……たとえ何があろうとも、あなたにたとえどんな未来が待ち受けているとしても」

「クロエ」

「愛してます、セオドア様」

セオドア様は立ち上がり、両腕《りょううで》を広げて私を待つ。

私はその腕に飛び込み強く、強く――ようやく一緒《いっしょ》にいたかった愛《いと》しい人の温《ぬく》もりに、頬《ほお》を寄せて目を閉じた。

エピローグ

ヘイエルダールの結婚式《けっこんしき》は春に行う。

秋に婚約し、冬の最も厳しい季節を乗り越えることで家族としての未来を確かめ合い、雪解けの春に幸せの知らせを国中に届けるという。

結婚式の準備は驚《おどろ》くほどの速度で進められた。セオドア様の結婚を今か今かと待ち望んでいたヘイエルダールの人々、そして兄の所領となったマクルージュ侯爵領の領民たちが、私たちの結婚のために手を尽《つ》くしてくれたのだ。

結婚式の日の朝。ヘイエルダールの堅牢な石造りの城はあちこちが花とリボンで彩《いろど》られ、女性たちは貴族からメイドまで皆華《みなはな》やかな祝いの装束《しょうぞく》を纏《まと》っている。

ウエディングドレスの下準備を整えられている私のもとに、メイドが報告に来た。

「王都の方角から第五魔術師隊《フィフス・メイジオーダー》が来ております」

「お兄さまだわ」

私は簡単にガウンを纏うと、テラスに出て兄の到着《とうちゃく》を待つ。

じきに青空を渡《わた》り鳥のように隊列を組んで飛ぶ、魔術師《まじゅつし》たちがやってきた。朝焼けの空、魔力の軌跡《きせき》をきらきらと鏤《ちりば》めながら飛んでくる彼らは夢のように綺麗《きれい》だ。

「クロエ！　ついに結婚式だな」

重さを感じさせない軽《かろ》やかさで、ひらりとテラスに舞い降りるのは兄ノエル。続いて舞い降りたのは見習いの腕章《わんしょう》を着けたルカだ。白鳥の子を意味する灰色の魔術師装束を纏《まと》ったルカはすっかり大人びた顔で辞儀《じぎ》をした。

「ご結婚おめでとうございます、クロエ先生。婚礼衣装をお持ちしました」

私の婚礼衣装は、兄が魔術師の部下たちを引き連れて王都からはるばる持ってきてくれる手筈《てはず》となっていた。サイズ合わせには針子が何度も往復したものの、兄は「どんなデザインかは当日のお楽しみだ」と教えてくれていなかったのだ。

「驚くなよ？」

兄が目を眇《すが》めて袖《そで》をひらりと振る。トルソーにかけられた婚礼衣装が現れ、私はそれを見て思わず口元を覆《おお》った。信じられないと、首を振る。銀糸とパールと宝石で彩られた重《じゅう》厚《こう》なウエディングドレスは、幼い頃に見覚えがある。

「お母さまの……ウエディングドレス……？」

「似てるけどな。同じ針子が作ったお前のための新作だよ」

兄は私の反応を見て嬉《うれ》しそうにする。

「領地が傾《かたむ》いた頃、母さんがさっさと売ってただろ？　どうにか取り戻《もど》したくてさ……買い手を突《つ》き止めてなんとか入手したんだ。そしたら当時作ってくれた針子がまだ店をやってたから、同じものを新品で、クロエに似合う調整をして作れねえかって頼《たの》んだってわけさ。……ほら、全部一緒じゃないんだぜ。刺繍《ししゅう》の模様とか」

兄が指すのはボディスの総刺繍。それは母のドレスによく似ているけれど、ヘイエルダール独自の刺繍があしらわれていて。その模様はシロツメクサだった。

「……お兄さま……」

「泣くなよ、今日は一番綺麗に化粧《けしょう》してもらうんだろ？」

子どものように抱きついて涙《なみだ》を堪《こら》える私を、兄もまた、子どもの頃《ころ》のようにしっかりと抱《だ》きしめてくれた。ずっと優《やさ》しくて強気に励《はげ》ましてくれる、たった一人の大切な兄に、幸せになる日を見せることができてよかった。

兄は私を離すと、顔をそむけて目元を擦《こす》りながら去っていく。

「ちゃんとした恰好《かっこう》は一番にあいつに見てもらえ。じゃあ俺らは会場に行くから」

「……ありがとう」

辞儀をする部下の皆《みな》さんとルカ、兄をテラスから見送り、私はそれからメイドたちに丹《たん》念《ねん》に支《し》度《たく》を整えられた。

窓の外の日差しが明るくなってきた頃、庭ががやがやと賑《にぎ》やかになってくる。歓談する声は楽しそうで、それだけで胸が弾《はず》んでくる。

ついにドレスの支度が終わり、私は式場に呼ばれるのを待つ。

メイドたちも隣の部屋に下がり、私は窓辺に一人で座っていた。

扉《とびら》が開き、風が柔《やわ》らかくそよいでいく。

振り返ると私が今、一番会いたい人が立っていた。

「……セオドア様」

そこに佇《たたず》む人は、グレーがかった銀の礼装を纏っていた。長めの襟足《えりあし》を整え、前髪《まえがみ》も上げた彼の姿は今まで見たことのない晴れがましい姿で。

金の目が私に見惚《みと》れるように、眩《まぶ》しそうに細くなった。

「光に消えてしまいそうだ。……眩しくて、綺麗だ」

セオドア様の金色の瞳に、私の姿が映っている。生花を飾《かざ》って真っ白なドレスを纏った、幸せでいっぱいの花嫁《はなよめ》がそこで微笑《ほほえ》んでいた。

二人だけの時間が、まるでいつまでも続くようだった。

「ようやく夢が叶《かな》う。クロエ」

「私もです。……ウエディングドレスも、祝福される結婚も……大好きな人のお嫁さんになることも、叶わないと思っていたから」

「これからは諦《あきら》めていた夢を、一緒に一つ一つ叶えていこう」

「……はい」

まだ式は始まってもいないのに、すでに幸せで泣きたくなってくる。

私の表情を見てセオドア様も、思いを噛《か》み締《し》めるような微笑みを浮《う》かべた。

しばらく見つめ合っていると、セオドア様の後ろから、賑やかな声が近づいてくる。ヴェールガールの装《よそお》いのマリアロゼ、そして父親役と神官役の兼任《けんにん》で参加してもらうサイモンの姿だ。

「クロエ先生！　綺麗！　蜂蜜姫《はちみつひめ》さまみたい……！」

目を輝《かがや》かせるマリアロゼの満面の笑《え》みと、涙を堪える顔をして辞儀をするサイモン。

「行こう」

「はい」

私はセオドア様と頷《うなず》き合い、二人で大切な家族を迎《むか》えた。

結婚式が始まる。

私たちの本当の人生は、これからようやく始まろうとしていた。

あとがき

角川ビーンズ文庫をご愛読の皆様《みなさま》はじめまして。

WEBや他社様刊行作の読者様、お久しぶりでございます。まえばる蒔乃《まきの》です。

このたびは『捨てられ花嫁《はなよめ》の再婚《さいこん》　氷の辺境伯《はく》は最愛を誓《ちか》う』をお手にとっていただきまして、誠にありがとうございました。まえばる紙書籍では初めての文庫作品です。

私はデビュー作からほぼ全ての作品を全面改稿《かいこう》を経《へ》て刊行させていただいてきました。その中でも当作品は、じっくりと作品と向き合う時間をいただいた、大変思い入れの深い作品となっております。

ちなみにまえばるが初めて書いた貴族×貴族のカップルです。

クロエもセオドアも誇《ほこ》り高《たか》く忍耐強《にんたいづよ》い、貴族としての矜持《きょうじ》を持った人。

書きながら「上品とは……？　貴族同士の恋《こい》とは……？」と必死に頭を巡《めぐ》らせました。楽しんでいただけましたでしょうか……！

もしよろしければ、ご感想などお気軽に角川ビーンズ文庫編集部気付でいただけますと嬉《うれ》しいです。

最後にこの場をお借りしまして謝辞を申し上げます。

透明感《とうめいかん》のある繊細《せんさい》なイラストで作品を華《はな》やかに彩《いろど》ってくださいました、あいるむ先生。アドバイスを惜《お》しみなくくださり、熱心に作品に向き合ってくださいました編集担当の白浜《しらはま》様。デザイナー様、校正者様、関わってくださった全ての皆様に心よりお礼申し上げます。応援《おうえん》してくれる友達と家族も、いつも本当にありがとう！　愛してます！

そしてWEB版を応援してくださった読者の皆様、本当にありがとうございます。

これからも色んな作品を書いて参りますので、チェックしていただけると嬉しいです。

また是非《ぜひ》どこかでお会いしましょう！

まえばる蒔乃

【WEBサイト】https://maebaru.xii.jp/

「捨てられ花嫁の再婚 氷の辺境伯は最愛を誓う」の感想をお寄せください。
おたよりのあて先
〒102-8177　東京都千代田区富士見2-13-3
株式会社KADOKAWA　角川ビーンズ文庫編集部気付
「まえばる蒔乃」先生・「あいるむ」先生
また、編集部へのご意見ご希望は、同じ住所で「ビーンズ文庫編集部」
までお寄せください。

捨《す》てられ花嫁《はなよめ》の再婚《さいこん》

氷《こおり》の辺境伯《へんきょうはく》は最愛《さいあい》を誓《ちか》う

まえばる蒔乃《まきの》

角川ビーンズ文庫　23722

令和５年６月１日　初版発行

発行者―――山下直久
発　行―――株式会社KADOKAWA
〒102-8177　東京都千代田区富士見2-13-3
電話 0570-002-301（ナビダイヤル）
印刷所―――株式会社暁印刷
製本所―――本間製本株式会社
装幀者―――micro fish

●お問い合わせ
https://www.kadokawa.co.jp/（「お問い合わせ」へお進みください）
※内容によっては、お答えできない場合があります。
※サポートは日本国内のみとさせていただきます。
※Japanese text only

ISBN978-4-04-113653-9 C0193 定価はカバーに表示してあります。　◇◇◇

回
角川ビーンズ小説大賞
原稿募集中！
君の"物語"がここから始まる！
https://beans.kadokawa.co.jp
詳細は公式サイトでチェック!!!
【一般部門】&【テーマ部門】
賞金 大賞 100万円
優秀賞 30万円
他副賞
締切 3月31日
発表 9月発表（予定）
イラスト／紫　真依